これは、なんの力も持たない俺が
この国を作り上げるまでの物語——。

『古事記』

それは、奈良時代初期に編纂《へんさん》された**現存する最古の日本の歴史書。**
上中下の3巻があり、上巻は神々の物語、中・下巻は神武天皇から推古天皇に至る天皇、皇子らの物語である。

日本に生きる全ての人のルーツは、この『古事記』に記されている。

日本は戦争や災害など幾度となく困難に見舞われたが、その度に奇跡ともいえる復活を果たしてきた。
諸外国からは、その根幹にある日本人が持つ「支え合い」の精神を評価されることも多い。

実は、この「支え合い」の精神こそが『古事記』の根幹だ。

ほとんどの国では「一神教」が当たり前なのに、『古事記』に登場する神様は多種多様で、かつ他の国の神様と混じり合ったりもする。

『古事記』に登場する神様たちは、当たり前のように喧嘩《けんか》をするし、一番偉い神様でさえ仕事をほっぽり出して引きこもったりする。

『古事記』には、そんな大問題に対して、神々が知恵を絞って協力して乗り越える様子が描かれている。

そのストーリーの根幹にあるのが「支え合い」の精神だ。

迷い、時には間違いを犯しながらも、神様の心が成長していく様子が丁寧に描かれている。

そんな神々が祀《まつ》られているのが、日本で当たり前に目にする神社だ。

『古事記』を知らない人は多い。

俺だって、よく知らなかった。

でも、『古事記』と無関係でいられる人は、この国には一人もいない。

これから語るのは、俺がそんな『古事記』の世界に迷い込んだ話だ。

「迷い込んだ」といっても、『古事記』が好きになったとか、各地の神社を巡ったとか、そんなレベルの話じゃない。

本当に神々が住む『古事記』の世界へ行ってしまったんだ。

転生

TOLAND VLOG

サム
（アライコウヨウ）

サンマーク出版

古事記

もくじ

ブックデザイン 荻原弦一郎（256）
企画協力 山本時嗣
イラスト 水川雅也
本文DTP 朝日メディアインターナショナル
編集協力 株式会社ぷれす
編集 尾澤佑紀（サンマーク出版）

現代編①

最期の夜

「あれ？　俺ってなんで生きてるんだっけ？」

胃から何かがこみ上げてくるような感覚。頭が割れるように痛み、全身がだるい。……そう、これは完全なる二日酔いだ。そんな圧倒的バッドコンディションの中、目が覚めた瞬間に出た言葉が「生きていることへの問い」だった。

時間はもう午後3時。そりゃそうか、朝の7時まで飲んでたもんな。体感睡眠時間は3時間くらい。でも本当は、7時間くらい寝ていたようだ。なんとか立ち上がり、床に落ちていた適当な服を着ると鉛のように重い足を引きずり、家から徒歩5分の「BAR WHO'S」に向かう。

「今日も雨かぁ。梅雨《つゆ》だもんなぁ……」

2年前に「俺は自分でバーを経営して、理想の人生を送るんだ!」とか大見得切って脱サラしたのに、まさかこんな暗い言葉を思い浮かべながら目を覚ます日が待っているとは思いもしなかったな……。脳内で愚痴をタラタラと垂れ流しながら店に着く。

いつも通りに鍵を開けて、電気をつけて、少しカビ臭い店内の掃除を始める。朝まで飲んで片づけずに帰ったから、店内は悲惨なことになっている。

10人掛けのこぢんまりしたバーでも、酒が染み込んだ体ではなかなか掃除がはかどらない。今すぐ家に帰って、布団の上で漫画を読みたい。

だけど、手際良く掃除を済ませないといけない理由が俺にはあった。そろそろ口うるさい〝あの男〟が来てしまうからだ……。

体を支配する不快感を我慢しながらゴミをまとめていると、店のドアが開いた。

「おはよう……って全然片づいてないじゃないか。昨日は片づけずに帰ったのか？」

「げっ、兄貴、今日は早いね……。いやぁ、ワタリさんがマジでタチ悪くてさ！なんか仕事が上手くいってないとか彼女と別れたとか、理不尽な理由でめちゃくちゃ飲ませてきたんだよ。あの悪質な飲ませ方のせいで今日はちょっと……店、荒れてるんだよね」

「いちいち言い訳すんなよ」

兄貴の棘《とげ》のある言葉で会話は終わった。

ワタリさんは、この店の数少ない常連だ。俺らのバーの経営が上手くいっていないのをいいことに、金さえ出せばいいと言わんばかりに来る度に泥酔しては、厄介な絡み方をしてくる。

兄貴はいつものように俺の目も見ずに、静かに店の準備を始めた。お互い仕事を辞めてバーの共同経営を始めたのに、性格が正反対だからここ数か月はまともな会話をしていない。

兄貴は俺の頑張りを何一つ見てないし、厳しいことばかり言ってくる。この店の空気の重さは明らかに兄貴のせいだろう。俺は絶対悪くない。


午後9時。オープンして3時間経《た》っても、お客さんは一人も来ない。今日は金曜日なのにこの暇さはヤバいだろ。しかも今日は俺の誕生日なのに、誰からも祝われる気がしない。貴重な常連はタチ悪いし、いよいよ大丈夫か？　俺の人生。

まだ完全復活していない体にこの辛《つら》い現実は、少しばかり重い。こんなときは、ネガティブな考えがつい頭をよぎってしまう。もしバーをたたむことになったら、今度は何をしよう？　また就職するにしても、今の俺にできる仕事なんてあるのか？

そんなことを考えていると、珍しく兄貴が話しかけてきた。

「おい、もうすぐワタリさんが来るってよ。今日も飲まされるな」

「マジか！　昨日あんだけ飲んでよく今日も飲みに来れるな、モンスターかよ！　ちょっとさ……しばらく控え室にいてもいいかな？　お客さんはワタリさんだけだし、頼むよ！」

「はぁ？　おい、待てよ！」


兄貴は半ギレだったが、俺は〝地獄の常連〟ワタリさんを兄貴に押しつけて控え室に逃げることに成功した。いつもの兄貴なら絶対に断るが、兄貴は昨日店を休んでいた。その負い目から、ワタリさんのソロ対応を引き受けざるを得ないのだ。

ラッキー！


ギィィ……。

静寂が支配する店内に建て付けの悪いドアの音が響く。控え室とバーの店内を隔てる扉は薄いから、店内の音は丸聞こえだ。

「やってるかぁーい？　おいコラ！　ガッハッハ！」と調子の良さそうな声が聞こえる。この呑気《のんき》な声はワタリさんだ。笑い声だけですでに酔っ払っていることがわかる。控え室に逃げてきて正解だった。

扉越しにワタリさんと兄貴の会話を聞きながら、溜《た》まっていた事務仕事に手をつけようとするが、どうしてもパソコンを開くことができない。

気がつけばスマホゲームのアプリを開き、午後９時に更新されるログインボーナスをもらっていた。１年前から始めて、すでに２万円ほど課金している俺にとってこのタイミングを逃すわけにはいかないのだ。

「どういうつもりだ!?」

しばらくスマホゲームに集中し、漫画でも読もうかと本棚に手を伸ばした瞬間、兄貴の怒鳴り声が聞こえた。普段お客さん相手に感情的にならない兄貴が声を荒げている。ただならぬ雰囲気に慌てて控え室を出ると、ワタリさんがナイフを手に兄貴に襲いかかろうとしていた。

「あ、危ない！」

気がついたときには、俺は兄貴を押しのけていた。兄貴に向かうはずだったワタリさんが持つナイフは、兄貴と入れ替わった俺のお腹《なか》に刺さっている。

「え……？　マジか……」

全身から血の気が引いていくのがわかる。痛みは感じないのに、どんどん血が溢《あふ》れて、刺されたところがドクンドクンと脈打っていく。

「クソッ！」

ワタリさんは振り返ることなく、駆け足で店から出ていった。兄貴はパニックになりながら、どこかに電話をかけている。

刺されたところがジワッと熱くなってきて、徐々に鋭い痛みが襲ってきた。俺は死ぬのか？　痛みと恐怖で力が抜けてカウンターの中に倒れ込み、そのまま意識を失った。

古事記編①

因幡の白ウサギと二度目の死

「おいコラ！　いつまで寝てるんだよ！」

聞いたことのないほど大きな声と、体を揺さぶられる強い力で俺は目覚めた。見渡す限り建物一つない草原の中で、俺は見たこともないほど大きな男に起こされた。男は荒々しい雰囲気を漂わせ、目つきは鋭く、口元には不機嫌そうな表情が浮かんでいた。筋肉質で体のところどころに傷があり、教科書で見た縄文人のような格好をしているが、服には派手な模様が入っていて、アクセサリーをジャラジャラとつけている。しかも、周りには俺を起こした大男と同じくらい大きな男たちが、何人も俺を睨《にら》みつけている。

「おいおい、やっと起きたのか？　ちょっと突いただけで失神されちゃかなわないぜ」

「えっと、俺は店で刺されたんじゃ……？　っていうか、あなたは誰？」

「お前、何言ってるんだ？　ワシが誰かだと？」

「は、はい。あなたみたいにやたらと距離が近くて、声がでかい人は知り合いにはいないけど……そもそもここはどこですか？」

「ナムチ、お前変なものでも食べたか？　**ワシはお前の兄のタケルに決まっているだろ**。それでここは因幡国《いなばのくに》。**お前はワシらの命令で便利に動く〝弱虫ナムチ〟だろ？**　ガッハッハ！」

「……は？　ナムチ？　イナバ？」

「ほら、行くぞ！　おい、さっさと荷物を持て！」


タケルと名乗る大男は力強い手つきで俺の腕を引っ張り、無理やり立ち上がらせた。当たり前のように大量の荷物を持たせると俺にまともに説明しないまま、すぐに歩き始めた。何が起こっているのか全くわからない。だけど俺のことを知っているようだし、とにかく今は彼らについていくしかないだろう。

……って、おいおい！　ちょっと待てよ。みんなの歩くスピードが尋常じゃないぞ。全員オリンピックの金メダリストなのか？　競歩とかのプロなのか？

「うわうわ！　ちょっと待っ……てって……あれ？」

タケルたちにずっしりと重たい荷物を持たされたことが嘘《うそ》のように、不思議なほど体が軽く感じた。まるで自分の体じゃないみたいだ。なんだこの感覚は。

「それはそうやで。サムは今、神様なんやから」

「うわぁ、なんだこの声、タケルか？　いや、タケルは関西弁じゃなかったよな。じゃあ誰だ？」

「キョロキョロしても無駄や。ワシの姿は君には見えへんよ。ワシは今、サムの頭の中に直接話しかけてるんやから」

「頭の中に直接」って、漫画で何度か見たことあるベタなセリフすぎて信じられない。どこかに声の主がいるはずと思い周囲を見回していると、〝見えない関西弁〟が話を続けてきた。

「こんな状況やのに素直にパシられて、ホンマ脳天気やね。悩みとかないの？」

「う、うるさいな！　今が悩みの真《ま》っ只中《ただなか》だよ。ここはどこで俺は誰なんだよ！」

「**ここは数千年前の日本やで**」

「す、数千年前の日本？　え、どういうこと？」

「あ、言うの忘れてた。ワシの名前はサキミタマクシミタマっていうねん」

「いや、さっきの話が気になって名前どころじゃないよ！　あ、でも名前は名前で気になるな。なんだよその名前、長すぎだろ」

「さっきから一人で喋《しゃべ》って元気やね」

姿も見せないくせに腹の立つことばかり言ってくるのは気に入らないけど、今はサキミタマクシミタマだけが頼りだ。っていうか、名前が長ったらしくて言いづらいな。サキミタマクシミタマだから……「タマちゃん」でいっか。

「それよりタマちゃん、さっき言ってた『数千年前の日本』ってどういうこと？」

「誰がタマちゃんやねん！　初めてそんな呼ばれ方したわ。まぁワシとサムの間じゃ、呼び方なんてどうでもええな。サムはワタリに刺されて、肉体から魂が抜けてしまったんや」

「肉体から魂が抜けた……？」

「せや。ほんでこの時代のナムチという神様に転生したんやで」

「え、マジで!?　完全に〝異世界転生〟の一番ベタなやつじゃん。こんなことって本当にあるんだね」

「おっ、飲み込み早いやん」

「ってことはあれだ。俺が転生したナムチとかいう神様は、最強の能力を持ってて、俺はこれから無双するとかそういうやつだよね？」

俺が前の世界でできなかった大活躍への期待を口にしたら、タマちゃんのため息が聞こえた。

「はあ……残念やけど、ナムチには特殊能力は何もないよ。むしろ体力的にも神様の中で〝下の中〟くらいや」

「なんだよ、絶対にすごい能力がある流れだろ！　何が悲しくて数千年前の下の中の神様に生まれ変わらなくちゃならないんだよ」

「無駄話はこの辺にして……」

「華麗にスルーしないでくれよ！」

「サムは今、八十神《やそがみ》いう神様たちと一緒に〝ある場所〟に向かってるんや」

「八十神？」

「ナムチの兄たちやな。八十神の八十は80人いるいうわけやなくて、〝たくさんいる〟ってことやけどな。**サムは今からナムチとして、さまざまな試練を乗り越えないとあかんねん。**これはこの世界にとっても、サム自身にとっても大切なことやから頑張りや！　期待してるで、ほな！」

「待って、まだ聞きたいことが――」

「ナムチとして試練を乗り越えろ」。そんなざっくりとしたことだけ伝えると、タマちゃんの声は聞こえなくなった。

タマちゃんが教えてくれたこと。

ここは数千年前の日本で、俺はナムチという〝下の中〟の神様であること。

ナムチは、兄たちとどこかに向かっていること。

それらを振り返りながら歩いていると、先を歩いていたタケルたちが戻ってきた。

「おいコラ、ナムチ！　キビキビ歩けよ！　お前はただでさえのろいんだから」

「あー、クソ！　タマちゃんの声も聞こえなくなっちまったし、これからどうすればいいんだよ……」

「何を言ってるんだコイツは？　早く歩かないと先に行くぞ。おぉい、勇敢な八十神たちよ、景気づけに歌でも唄《うた》おうではないか！　ガッハッハ!!」

タケルの呼びかけに八十神たちが応じると、一行は野球の応援団もびっくりするくらいの声量で唄い始めた。

勇ましき八十神が
海越え、山越え、あなたに会いに行きますぞ
因幡国の美しき女神ヤカミヒメ
あなたに見初められれば、因幡国は我らのもの
八十神は必ずやあなたを妻にしますぞ
ワッショイ！　ワッショイ！

「な、なんだこの変な歌は……まさかコイツら、ヤカミヒメとかいう人にプロポーズするために旅をしているのか？」

「今更何を言ってるんだ？　ヤカミヒメと結婚できれば、因幡国は思うがまま！　そのために遠い祖国からはるばる旅をしているんだからな。祖国の王位継承権を持たないワシらは、この方法で成り上がるしかないだろう」


コイツら、何言ってるんだ？　結婚で国を牛耳ろうとするなんて、現代人の感覚だとタケルが言っていることは全然理解できない。


「おっと、父上のお気に入りであるお前は別だったかな？　さぁ、因幡国も目前だ。弟たちよ、駆け足で行くぞ！」

「か、駆け足？　今でももう限界なんだけど……あっ、ちょっと！」

「ナムチよ、お前はゆっくり歩いて来るといい。万が一ヤカミヒメがお前を選ぶなんてことがあったらコトだからな！　おっと、預けた荷物はちゃんと運ぶんだぞ？

一つでもなくしたら殺すからな！　ガッハッハ！」

タケルの号令をきっかけに八十神たちはものすごいスピードで駆け出し、あっという間に見えなくなってしまった。

「あぁ、行っちゃった……。それにしてもこの体の持ち主のナムチってなんであんなに兄たちから疎まれているんだろう。下の中なのにな」

神様になっても能力は並以下。転生したのに無双もできない。現世と同じで、兄とも上手くいかない。結局俺の人生って、どう転んでもダメなんだな。

転生早々、やるせない気持ちを抱えながら草原を歩いた。小一時間ほど進んだところで、風が強く吹きつけ、心地よい潮の匂いが漂ってくると、海が近いことに気づいた。足早に進むと、目の前には眩《まぶ》しい光が反射する海が広がっていた。その眩しさに少しでも気を紛らわせたかった俺は、深呼吸をして景色に見とれてしまった。

しばらく海を眺めていたら、どこからかシクシクとすすり泣く声が聞こえてきた。

「この泣き声、どこから聞こえてるんだ?」

気になって声がする方に進むと、そこには皮を剥がれて血だらけになった白ウサギが横たわっていた。グ、グロい!! グロいことも気になるけど、白ウサギが……泣いてる?

「痛いよ、助けてよぉ……」

喋った。普通に喋った。転生だのなんだの言われて、ここまで来たらちょっとやそっとじゃ驚かないと思っていたけど、血まみれの白ウサギが泣きながら喋っているなんて、これはさすがについていけないわ。

「あ、あの……大丈夫？」

「グスッ……騙《だま》された……あのクソ野郎ども！　『海で洗ったら良くなる』って言ってたのに。ちくしょうめ！」

「うわ、口悪っ!!　その傷、海で洗ったの!?」

「そうだよ。ついさっき、ここを通りがかった連中にそう言われたんだ。言われた通り海で体を洗ったら、痛み倍増だよ！　皮膚が乾いてパリパリするよ〜」

「絶対タケルたちだな。あいつらどんだけしょうもないやつらなんだ！　とりあえず海の水はダメだ、きれいな真水で洗わないと……ちょっと待って！」

　持っていた大量の荷物をひっくり返すと、瓢簞《ひょうたん》が出てきた。振ってみると液体が入っている音がする。おそらく、この時代の水筒なんだろう。匂いを嗅いで一口飲んでみると、液体が水であることがわかった。

「ウサギさん、ちょいと染みるけど我慢してね！」

「ぎえーーーーー!!」

俺はパリパリになった白ウサギの皮膚に瓢箪の中の水をかけた。傷を刺激しないように、そっとかけたつもりだったが、白ウサギは絶叫しながらとんでもない勢いで飛び跳ねた。アニメでしか見たことがない現実離れした大ジャンプだ。

「おい、痛いじゃないか！　さてはお前もさっきの連中の仲間で悪いやつなのか!?」

「違う違う！　水で洗い流さないともっとひどくなるぞ。ほら、こうやってちゃんと洗わないと……ちょっと痛いだろうけど我慢してくれ！」

「ぎゃーーーーーーー!!」

来たばかりのよくわからない異世界で、皮膚なし白ウサギを洗うだなんて、俺は夢でも見ているんだろうか。

「うぅ〜……痛いけど、少しはマシになってきたよ。ありがとう。君、名前は？」

「えっと、俺の名前は……ナ、ナムチ！ それにしても誰がこんなにひどいことを？ さっき通りがかった連中が海水で傷を洗えって言ってきたってことは、君の皮をひん剥《む》いたのは別の人なんだよね？」

「そうだよ、オイラの皮をひん剥いたのは恐ろしいツラしたワニの一族だ！ あの野郎どもがオイラをこんな目に遭わせたんだ」

「ワ、ワニの一族？」


喋る白ウサギの次はワニ……。完全におとぎ話のノリじゃないか。そもそも昔の日本にワニなんているのか？

「オイラは元々、ここから海を隔てたずーっと遠いところに住んでたんだけどさ。どうしても因幡国に来たくてね。因幡国の近海に住むワニたちに、ある勝負を持ちかけたんだよ」

「ふんふん……それでそれで？」

勝負は白ウサギの提案で始まったらしい。

まず、ワニ一族の一匹を呼び寄せて白ウサギはこう言った。

「オイラたち白ウサギ一族と、お前たちワニ一族。どっちの数が多いか勝負しないか？」

ワニ一族が勝負に興味を示すと、白ウサギはこう続けた。

「まず、オイラがお前たちワニ一族の数を数えるから、向こうに見える島に向かって順番に並んでくれ。オイラがワニたちの背中をピョンピョン飛んで数えていくから、その次にオイラたち白ウサギ一族を数えてくれ」

「ワニたち単純だからさ、すぐに勝負に乗ってくれて、元いた国の海岸からこの国の海岸までズラーッと並んでくれたんだよ。それでオイラはワニたちの背中を渡って、この国に来られたんだ」

「ちょっと待って、それって数比べ勝負になってないよね？　白ウサギ一族って言ってもここには君しかいないし、君が陸に上がったらワニたちは数えようがないじゃないか」

「あ、やっぱり気づくよね」

「この国まで来たかったから、ワニたちを騙したってこと？」

「……まぁ、簡単に言うとそうなるね……」

　バツが悪そうに白ウサギが言った。白ウサギのずる賢さに呆《あき》れながらも、俺の頭には一つの疑問が浮かんでいた。

「それじゃあ、君はいつ皮を剥がれたんだ？」

「それはね、オイラが〝耐えきれなくなった〟からなんだ……」

「耐えきれなくなった？」

「そうさ。ワニの背中をピョンピョン飛び跳ねていたら、こう……ププッと笑いがこみ上げてきてね……。コイツら騙されてやんのー！　って気持ちが抑えきれなくなっちゃって、最後の一匹にこう言っちゃったんだ。『やーい、マヌケなワニどもー！　お前らが騙されてくれたおかげで、無事に海を渡ることができたよー！』ってね」

「うわー……最悪じゃん」

「あっかんべーして、お尻フリフリしてたら最後のワニがめちゃくちゃ怒り出してさ。オイラの首根っこを掴《つか》んで皮をひん剥いて、すんごい力で放り投げたんだよ！」

「そこにタケルたちが来たのか！」

「そういうことさ。皮をひん剥かれた痛さで泣いてたら、さっきの連中がゾロゾロと現れてさ。『皮を剥かれたときは、海で洗ったらすっかり良くなるよ』って言うからその通りにしたら、この有様さ！」

なんだろう……俺も冴《さ》えない人生を歩んできた自覚はあるけど、ここまでどうしようもないエピソードを聞くのは初めてだ。「自業自得」といえばそれまでだけど、この傷はさすがにかわいそうだもんなぁ……どうしたもんか。そんなことを考えていると、腰にくくられた袋から光が漏れてきた。


「この袋の中に入っている粉を白ウサギさんに塗ってあげ。これはナムチが大切に持っていたガマの花粉やから」

「なんだ!? 白ウサギさん、今何か言った？」

「な、なんだよ、何も言ってないよ。急に大声出さないでくれよ！ オイラ耳がいいからビックリするんだよ」

「ごめんごめん！ えーっと、この脳内に響く感じと関西弁はもしかして……タマちゃん!?」

「せや。ワシやで」

声の主は、あの関西弁のタマちゃんだった。

「ちょっとタマちゃん、どこ行ってたんだよ。それにしてもこの袋は一体？　なんか、漢方薬みたいな匂いがするけど……？」

「早くそこの白ウサギさんにその粉を塗ってあげ。すぐに良くなるから」

「わかったよ、タマちゃん。白ウサギさん、この粉はガマの花粉っていってね、体に塗ると良くなるみたいだから、塗ってあげるよ」

俺はタマちゃんの言う通りに、腰の袋から光る粉を取り出して瓢箪をシェイカー代わりに水と混ぜて塗り薬にして塗ってあげた。

「うわぁ、なんだかスースーして気持ちがいいよナムチ。いや、ナムチ様！　君はなんていいやつなんだ！　これからは一生ナムチ様って呼ぶね」

「様づけとかやめてよ、くすぐったい！　ナムチでいいよ」

「君は本当にいいやつだなぁ！　ナムチみたいな男こそ、ヤカミヒメと結婚すればいいのに」

ヤカミヒメって、タケルたちが結婚したいって言ってた人だ。


「え、今なんて？　もしかしてヤカミヒメと知り合いなの？」

「それはもうバリバリの知り合いさ。オイラたち白ウサギ一族はずーーーっと昔はこの因幡国に住んでいて、ヤカミヒメのご先祖様に仕えていたのさ。古い一族同士の約束を果たすために、オイラはこの因幡国にわざわざやって来たってわけ」

「へぇー。その約束ってなんなの？」

「それはね、『太陽と月が重なってお昼なのに真っ暗になったとき、ご先祖様がお世話になったヤカミヒメの一族を助けに行け』って言い伝えがあるんだよ。詳しいことはオイラもよくわからないんだけど、時代が変わって争いごとがたくさん起こるようになるんだってさ」

「ふーん……なんか物騒な言い伝えだね」

白ウサギの話を聞いていたら、今このタイミングで彼と会えた幸運を感じて、少しだけ気持ちが楽になった。白ウサギはこの国にも詳しいだろうし、タケルたちに置いていかれて、どこに行けばいいかわからなくなっていた俺にとっては、今や白ウサギだけが頼りだ。

「オイラ、ヤカミヒメに会うためにここまで来たんだ。国を出発する前にも何度も渡り鳥を通じてやり取りをしていてね。……もしかして、ナムチはヤカミヒメと結婚したいの？　あっ、その顔はどう見ても結婚したいって顔だね。わかった。オイラが『とんでもなくいい男がいる』ってヤカミヒメに伝えてくるよ！」
「いやいや、そんなこと1ミリも言ってないじゃないか！　すごい勢いで話進めるね君は……そもそもヤカミヒメのことは全然知らないし――」
「わかったわかった、とにかくナムチはヤカミヒメと結婚したいんだね！　じゃあ、ひと休みしたらオイラと一緒に行こう。言い忘れてたけど、オイラの名はハクト。よろしくね！」

「あ、ありがとうハクト。話は全然通じてない気がするけど、どうせ行くあてもないし、とりあえず一緒に行こうか！」

こうして俺は、喋る白ウサギ・ハクトとともに因幡国のヤカミヒメに会いに行くことになった。ハクトは一族に伝わる秘密の近道を知っているらしく、半日ほど歩いたら奇妙な形をした建物がぽつぽつと見えてきた。高床式住居ってやつだろうか。どうやらここが因幡国の中心都市らしい。

「タケルたちは、まだ来てないのか？」

「タケルたちってのは、あの嫌な連中かい？　あいつらもヤカミヒメを狙ってるの？」

「みんな口を揃《そろ》えて『絶対に俺がヤカミヒメと結婚する！』って言ってたよ」

「なにー!?　あんな極悪なやつらと可憐《かれん》なヤカミヒメが結婚なんてダメダメ。絶対にダメだ！　オイラは優しいナムチがヤカミヒメと結婚するべきだと思う。オイラが今からヤカミヒメに直接言ってくるから、ここで待ってて！」

ハクトは俺の返答も聞かずに、４本の足を使ってものすごいスピードで走っていくと、あっという間に見えなくなってしまった。

仕方がないから、近くにあった岩に座ってみる。急に一人になったからか、俺を取り巻く異様な状況への焦りが出てきた。

全く知らないヤカミヒメと結婚するのか？

元の世界に戻れるのか？

そもそもワタリさんに刺された俺の体は、元の世界でどうなってるんだ？

あのとき、確かに俺は死――

「大丈夫！　サムの元の肉体はまだ滅んでへんよ」

「うわ、タマちゃん！ いきなり話しかけるのやめてくれよ。それより肉体が滅んでないってことは、俺は生きてるってこと⁉ どうやったら元に戻れるんだ？」

「そやね。現代のサムの体は確かに滅んではないけど、そう簡単に戻ることはできへんねん。**サムにはこの時代で乗り越えないとあかん試練があるんや**」

「試練ってさっきも言ってたな。一体何をすればいいんだよ？」

「それに直接答えることはできへんねん。ちょうどいい機会や。**この世界の大原則を一つ教えとくわ。それは、〝自分で気づく〟ってことやねん。**どっかのすごい人に答えっぽいことを教えてもらってわかった気になってもな、ホンマは全く意味がないねん。自分が体感して、心から気づく。これしか次のステップに進む方法はないねん。そんで、**そこをクリアしないと人生の中で何回も似たようなピンチが起こるんやで。**わかる？」

ノリが軽い話し方はそのままに、タマちゃんは急に「この世界の大原則」とやらを説いてきた。自分で気づく？ 似たようなピンチが起こる？

「んん〜？　なんか難しいな……」

「『似たようなピンチ』で思い当たる節はないか？」

「そうだな……今まで付き合ってきた彼女には毎回同じような理由でフラれてたような……？　友だちと喧嘩別《けんかわか》れするときも大体同じパターンだったかも！　これは俺が何かに気づいてないから似たようなピンチを繰り返してるってこと？」

「サムにしては珍しく察しがええやんか。**これらは全て〝メッセージ〟なんや**。何かの歌でもあったやろ？　目にうつることはメッセージゆうてな。それはご先祖さんとか目に見えない存在が総動員でサムにヒントを与えてるっちゅうことや」

「へぇー！　映画の『インターステラー』でも似たような話があったなぁ。面白い話だけど、まだいまいち信じきれないような……」

「アホゥ！　こんだけ不思議な体験してて今更何言うてんねん。これはもうヒントやなくて〝ほぼ答え〟や。ワシがあとで怒られるレベルのな。ちなみに毎回浮気されて彼女にフラれたり、似たような理由で友だちと喧嘩別れしたりするとき、サムはどんな風に思うんや？」

「なんで浮気されたこと知ってるんだよ！」

「そこは今はええやろ。さ、どんな風に思ってるんや？」

「えー、なんだろ？　基本ムカついてるかな……。『なんでわかってくれねーんだよ、バーカ！』みたいな気持ち。あとは友だちに愚痴言って酒飲んで忘れる！　向こうの都合だから俺は悪くないし……」

「おいおい、結構ヤバいやつやなサムは……まぁ、自分で発散できてるだけまだマシか……」


これだけ話してもタマちゃんの姿は見えない。見えないけど、呆れられてることだけは声色だけでも十分に伝わってきた。

「サム、〝**陰陽太極図**〟ってわかる？　白と黒の勾玉《まがたま》を組み合わせたようなデザインのやつなんやけど」

「あぁー、なんか見たことある！　こういうやつだよね。それがどうしたの？」

俺は近くにあった木の棒で地面に陰陽太極図を描いた。うろ覚えだったけど、母ちゃんが実家の壁に飾っていたからスラスラと描くことができた。

「これはな、白が〝陽〟を表していて、黒が〝陰〟を表してるねん。**万物は全て陰と陽に分けられるってことやな。**サムの世界やったら〝陰〟っていう言葉はあんまりいいイメージないかもしれんけど、**あらゆるものは陰と陽のバランスによって成り立っていて、どちらもなくてはならないものやねん**」

「白が陽、黒が陰か。忘れないように書き足しておこう。……こういうことだな。陰と陽はどっちも大切なんだ……」

「そうやで。そんで黒い勾玉みたいな形の中にも小さい白い点があって、白い勾玉みたいな形の中にも黒い点があるやろ？　これは、陽の中にも陰はあるし、陰の中にも陽はあるっていうことを表してるねん。ようできてるやろ？　ほとんどの人間

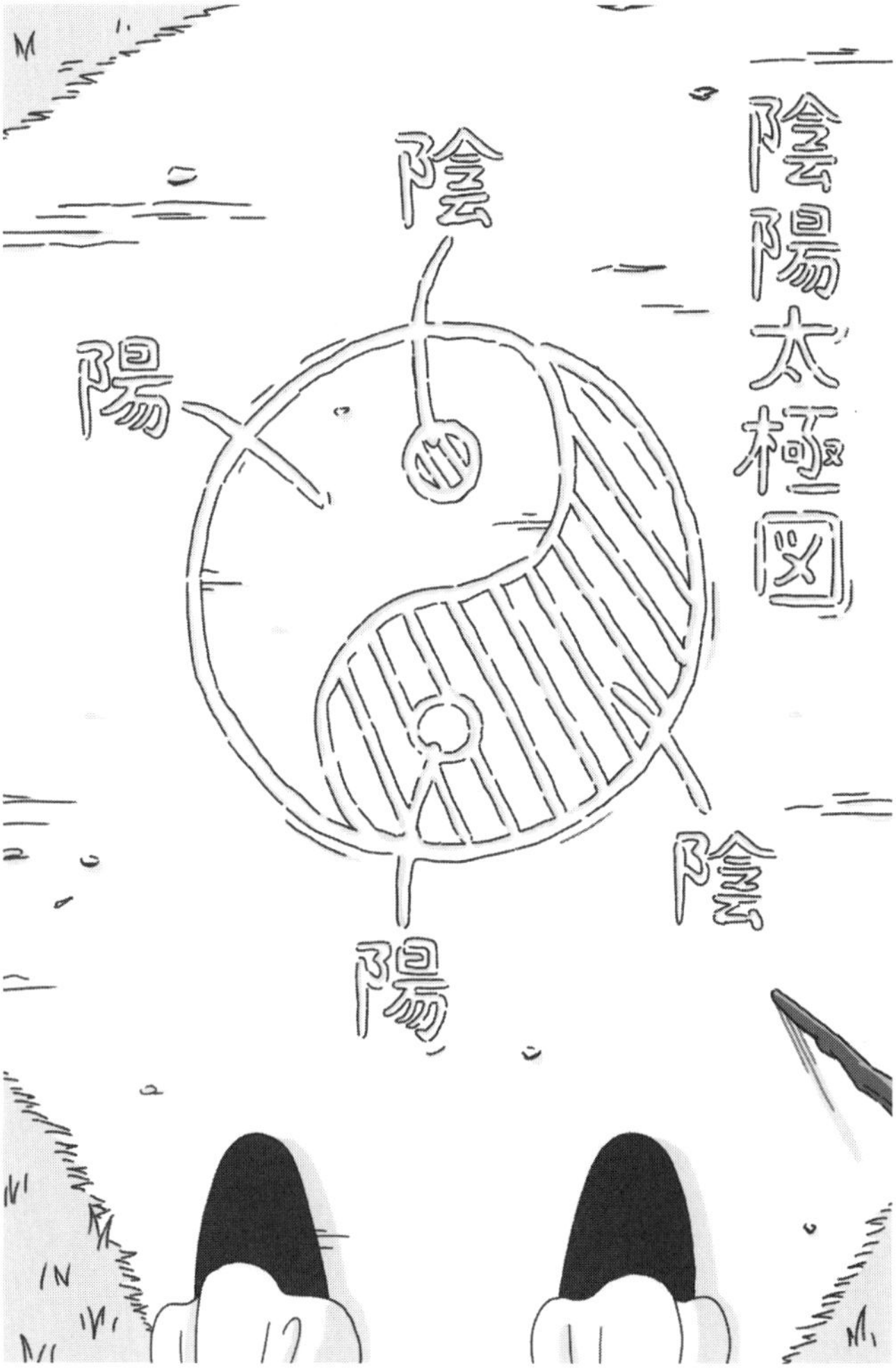
陰陽太極図
陰
陽
陰
陽

は自分の見たくないところや向き合いたくないところを前にしたとき、陰か陽どちらか片方だけの感情で心を塗りつぶしてしまいがちや。だから、その出来事から逃げ出したり、過度に自分を否定したり、誰かを否定したりすることで目を背ける。それでは絶対に成長できへんねん」

「うぅ……なんか耳が痛いぞ……」

彼女にフラれたり、友だちと喧嘩したりする度に、現実から逃げるように酒を呷《あお》った日々がフラッシュバックして胸が締めつけられる。

「だから、**自分の心の中にある〝見たくない陰の部分〟に気づいて受け入れていくことが大切やねん。**心の陰陽を統合していくっちゅうことや。全てはバランスやからな。それを乗り越えないと、今世でも来世でもずーっと同じことを繰り返すことになる。それは嫌やろ？　だから、自分で気づくしかないねん」

「うーん、なんとなく言ってることはわかったけどさ、なんでそこまでして成長しないといけないんだ？　人間は成長することが全てなのかよ？　聞いてるだけでしんどいよ！」

「まぁ、成長が全てってわけじゃないよ。行動は全部自分で選んでいい。ただ、全ての魂は成長を望んでるはずやし、ご先祖さんも目に見えない存在もそのためにサポートし続けてくれてるってことは忘れんといてな。ワシもその一人やし」

全ての魂は成長を望んでる？　なんか納得できるようなできないような……。

「でもさ、俺がワタリさんに刺されたことも、元カノに浮気されてフラれたのも絶対に俺は悪くないだろ！　あんな最低な出来事から何を見出《みいだ》したらいいんだよ」

「あんな、**もう一個だけこの世界の大原則を教えといたるわ。それはな、何があっても〝人のせいにするな〟ってことや。**これを本当の意味で理解すると、次のステップに行くスピードがグンと上がるんやで」

「さっきから言ってる〝次のステップ〟ってなんだよ……？　ていうか、人のせいにしないって、全部自分のせいにしろってこと？　相手がどんなに悪くても、どれだけ理不尽な目にあってもか？　どれだけ頑張って報われなくても、それは自分のせいだって言いたいのかよ。全く世知辛ぇなぁ、この世界は！」

陰陽の話も、自分で気づくことでしか成長できないって話も頭では理解できる。でも、俺の人生に起きた数々の最低な出来事も俺自身のせいにしないといけないってのは、そう簡単には受け入れられない。

「この話をホンマに理解してないと、大体そういうリアクションになるねん。長くなるから、この話は今度詳しくするわ。ちなみに、そんなに世知辛い話でもないからな。ところでサムがさっき言ってた『どれだけ頑張って報われなくても』って言葉、やけに熱がこもってたけど、思い当たることでもあるんか？」

「やけに熱がって……そりゃ一緒に働いてる兄貴に対して『なんで俺の頑張りを認めてくれねーんだ？』っていつも思ってたからな。できてないところばっかりグチグチ指摘してきてさ……そもそも相性が悪いんだろうな、俺らは。どう考えても俺は悪くないし」

「ふむふむ。兄貴に対する思いか……この神話の世界でも兄たちとの関係性が重要やし、その辺に何かしらの答えがあるんかもな」

いきなり兄貴の話になって動揺してしまったが、タマちゃんが言った〝ある言葉〟が引っかかった。

「ん？　タマちゃんさ、今サラッと言ったけど『神話の世界』って何？　さっきは『数千年前の日本』って言ってなかったっけ？」

「何を不思議がってんねん。**数千年前の日本といえば神の時代やないか**」

「神の時代？　なんだそれ!?　日本の神話といえば……『古事記』とか？」

「そう、『古事記』や！　よう知ってんなぁ。**サムは今、『古事記』の一部を体験してるんやで**」

「えぇぇー！　ってことは今は700年代!?」

「アホか、それは『古事記』が作られた年代や！　『古事記』って名前から考えてみ。もっともっと前や」

「そんな前なのか！」

「まぁ、いろんな時代の出来事が組み合わさって作られたのが『古事記』やけどな。サムは今、虚構と現実の境目を体験してるってわけや」

「なんか急に難しいこと言うな……まぁ『古事記』の内容全然知らないんだけどな……」

「ま、今内容を知っているかどうかはどうでもええ。とにかく、今サムは貴重な経験をしとる。これから大変なこともあると思うけど、一つひとつパズルゲームのようにクリアしていくんやで！　ほなね」

タマちゃんは、俺が『古事記』の世界を体験していることを伝えるとまたどこかに行ってしまったようだ。姿は見えないのに、近くにいるかどうかは直感的にわかる。他の人には感じたことがない不思議な感覚だ。


「あ、急に帰ったな！　まだ聞きたいことがたくさんあるのによぉ」

「さっきからうるさいよ！　急に大声出すなって言ったじゃんか！」

「あれ？　ハクト、戻ってきたのか！」

「少し前からいたよ。それなのにナムチったらブツブツ呟《つぶや》きながら考え込んでるんだもんな、参っちゃうよ」

「ごめんごめん。それで、戻ってきたってことは……？」

「そうそう、ヤカミヒメに事情を話したんだよ。そうしたら、どうしても君に会いたいんだってさ。さぁ、一緒に行こう！」

「へ？　そんないきなり？」


頭の中がとっ散らかったままハクトに導かれてしばらく歩くと、目の前に立派なお宮が現れた。この建物はなんだろう？　大きな……神社……？

「ナムチ様、お待ちしておりました」

目の前には可憐さと儚《はかな》さを兼ね備えた、見たこともない清らかなオーラを放つ女性が佇《たたず》んでいた。こういう人を「女神」と呼ぶのだと、俺は直感で理解した。

「うわっ、びっくりした！　あ、あなたは……？」
「ナムチ、失礼だよ！　このお方がヤカミヒメ様だよ」
「この人が……ヤカミヒメ？」
「はい、ナムチ様。ハクトのお話通り、精悍《せいかん》で素敵なお方ですね」

そう言うと、ヤカミヒメは頬を赤らめた。ハクトは「オイラがバッチリプレゼンしといたぜ」みたいな顔して、誇らしげにこっちを見ている。

それにしてもなんだこの感じ？　いきなりめちゃくちゃいい雰囲気なんですけ

ど！　もしかしてこのナムチ、本当はイケメンなのか？　そして、これはガチで結婚する流れ!?

「これはこれは、ヤカミヒメ様ではありませんか。ようやくお会いできましたな」

ヤカミヒメに見惚《みほ》れていると、背後から聞き覚えのある野太い声がした。振り返ると、大勢の男たちがお宮の前にゾロゾロと集まっていた。タケルたちだ！

「あいつら、傷だらけのオイラに海水を勧めたやつらだ！」

「おやおや、あのときの白ウサギちゃんじゃありませんか？　傷がちゃんと治ったようで安心しましたよ。ガッハッハ！　それにしても、弱虫ナムチがなんでこんなところにいるんだ？　お前には重たーい荷物を持たせてノロノロ歩かせていたはずだが？」

ハクトと俺を挑発するタケルを見て、さっきまで穏やかだったヤカミヒメの表情が別人のように変わった。

「無礼者！　ナムチ様はこれより、わたくしの夫となる存在である。八十神たちよ、そなたたちは親愛なるハクトを虐げたと聞いています。お下がりなさい！」

「はるばるやって来たワシらを差し置いて、よりによって愚かなナムチと結婚とは！　許せぬ！」

一触即発の空気の中、ヤカミヒメはタケルたちに背を向けて俺の手を引き、お宮の奥へと進んでいった。

「さぁ、ナムチ様。お宮の中へお入りください。婚姻の準備を進めましょう」

「あっ、へ……？　婚姻って今からですか？」

こうして俺は、よくわからない世界で出会ったヤカミヒメとよくわからない流れで結婚することになった。この出来事がこれから起こる〝最悪の事件〟の引き金になることも知らずに……。

信じられないほどの早さで結婚の準備は進み、どうやら俺はヤカミヒメと正式な夫婦となってしまったようだ。展開が早すぎる。その日はそのまま宴《うたげ》が始まり、現代でも食べたことがないようなご馳走《ちそう》とお酒が振る舞われた。

ここにいれば毎日おいしい食事とお酒にありつけることは間違いなさそうだ。地獄からいきなり天国に来たみたいだ。

翌朝、俺が寝泊まりするために貸してくれた部屋をヤカミヒメが訪ねて来てくれた。

「ナムチ様、昨夜はたくさんお飲みになられていましたが、ご気分はいかがですか？」

「あ、ヤカミヒメ！　見ての通り平気ですよ。お酒、大好きなんで！」

「それなら良かったです。長旅でお疲れだったのに、婚姻の儀と宴が始まってしまって……少し心配しておりました」

伏し目がちに微笑《ほほえ》むヤカミヒメは、この世のものとは思えないほどに美しかった。何より優しい。『古事記』の世界に来てから初めて触れる優しさに、俺の心は温かく包み込まれたような感覚になった。元の世界には戻りたいけど、もう少しだけこの世界で暮らしてもいいかもしれない。

「今宵《こよい》も宴があるので、それまでお部屋でゆっくりなさってください」

「わ、わかりました！」

……よし、決めた。ここで楽しくヤカミヒメと毎日を過ごしながら、ハクトにも手伝ってもらってゆっくりと元の世界への戻り方を考えることにしよう。案内された広い部屋でゴロゴロしていると、従者らしき人物が慌てた様子で部屋に入ってきた。

「失礼します！　ナムチ様の兄を名乗る人物が門の前におりまして『どうしてもこれまでのお詫《わ》びをしたい』と言って泣いているのですが、いかがいたしましょうか？」

束の間の平穏を楽しんでいた俺にとって、タケルの訪問はただただ怪しいものだった。ここはなんとかスルーするか……。

「どうされますか？」

「そうだなぁ……とりあえず不在ってことにしといてくれない？」
「かしこまりました」

タケルとの付き合いは、わずか1日。だけど、俺にはわかる。俺やハクトにあれだけの意地悪をしてきたやつだ。きっと何か企《たくら》んでいるに違いない。もし本当に謝りにきてたらかわいそうだけど、面倒くさいことは極力避けたいしな……。そう考えていると、部屋の外から従者の悲鳴が聞こえてきた。

「ぎゃーーーー！」
「えっ、どうした!?」

急いで部屋を出て、屋敷の外を見ると、従者は屈強な八十神たちによって倒され、無残にも横たわっていた。八十神の中から一際大きな男が前に出てくる。タケルだ。

「クックックッ……弱虫ナムチよ！　お前、ヤカミヒメと結婚できたから図に乗っておるな。居留守を使うとは、舐《な》められたものよ。幸いこの屋敷は婚姻の儀式の準備で手薄になっておるからな、強行突破させてもらったわ。ワシの詫びを聞き入れていれば死なずに済んだものを……お前は不慮の事故で死んだことにさせてもらうぞ！　ガッハッハ！」

「ちょっと待っ……うぐぅ！」

俺は背後から忍び寄っていた八十神たちに羽交い締めにされると、あっという間に屋敷から連れ出されてしまった。

「うぐぐ……ごめんて！　ヤカミヒメとの結婚も辞退するから許してよ！」

「いーや、許さん！　そもそもヤカミヒメがお前を結婚相手に選んだ時点でワシらの心はズタボロだ。お前にはそれ相応の苦しみを与えてあの世に送らねば気が済まんのだ！」

「そんな理由で弟を殺すのかよ！　お前らどうかしてるよ。おい、いいから離せって」

「『そんな理由』だと？」

漫画のように「ギロッ」という効果音が聞こえてきそうなほど、タケルの目つきが鋭くなった。俺は蛇に睨《にら》まれたカエルのように体が硬くなり、身動きが取れなくなった。

「おいコラ！　ナムチよ、お前よくそんなことが言えるな。ワシらがどんな気持ちでこの旅をしてきたと思っているのだ？　祖国で王位を継げなかったワシらの千載一遇の好機だったんだぞ!?　誰か一人でもヤカミヒメと結婚できたら因幡国の王族になる予定だったのに、お前のせいで全て台無しだ！」

「いや、どんな逆恨みだよ。故郷の国から出て因幡国で結婚する気なら、わざわざ俺を連れて行かなくてもいいじゃないか！　それに、俺の兄なら俺が結婚しても王族になれるんだろ？」

「うるさいうるさい！　特別扱いされていたお前がずっと気に食わなかったのだ！他の兄弟も同じ気持ちよ。お人好《ひとよ》しのお前に皆の荷物を運ばせ、ワシがヤカミヒメと結婚できた暁には一生奴隷として飼ってやるつもりだったのだ。まぁ、計画が狂った今となってはここで殺すのだがな。……よしよし、このあたりだな！　おい、皆のもの準備はいいか？」

「兄者、こちらの準備は万全だ！」

八十神たちの息のあった野太い声が聞こえる。準備？　一体何が起きるっていうんだ？

「ナムチよ、あれを見よ！」

タケルが指差す先には、小高い丘があり、そこには熱を帯びて真っ赤に輝く3

メートルほどの大岩があった。

「え、ちょっと！　あれどうすんの？　まさか……」

「いかにも。あの熱々の大岩を今からお前にぶつける」

「そんなことしたら焼け焦げて死んじゃうよ！」

「少々手荒な方法になったが、お前にはここで死んでもらう！　さぁ、皆のもの。大岩をナムチにぶつけるのだ！」

俺を羽交い締めにしていた八十神たちが離れると、俺の足首と地面は固い紐《ひも》で結ばれ、両手も縛られていた！

「あ、足が全く動かない……助けてくれー!!」

ゴロゴロゴロゴロ……！

真っ赤に熱せられた大岩がすごい勢いで迫ってくる。恐怖に耐えられず、目を開けていられない。

あぁ、俺は『古事記』の世界でも死ぬんだな。前の世界でも殺されて、こんなわけのわからない世界でも殺される。俺はとことんツイてない人間だな。

もし、もう一度人生をやり直せるなら。こんなくだらない嫉妬なんかで殺される人生は嫌だ……。

思えば俺もタケルのように、他人に嫉妬してばかりの人生だった気がする。そっけないけどなんでもできる兄貴に嫉妬して、いつも素直になれなくて。本当はバーの仕事を一緒に楽しみたかっただけなんだけどなぁ。もっと毎日を……って、あれ?

俺は死を目前にどんだけ考えるんだ? 大岩はどうなった? あ、これが走馬灯ってやつか?

変に冷静になったタイミングで目を開けると、眼前すれすれに大岩があった。終わった！　今度こそサヨナラだ。

ドカーーーーーーーーーン!!

「……ぉ〜……ぃ」

「ん？　なんだ？」

「……おぉ〜い！」

遠のく意識の中で誰かの声が聞こえる……。

「おぉ〜い、サムよ。最後にホンマの気持ちに〝自分で気づけた〟やんか。戻ったらその気持ち、素直に伝えるんやで」

この世界の大原則を一つ教えとくわ。
それは、〝自分で気づく〟ってことやねん。

現代編②

3日後の昼

「あ、先生！　目を覚ましましたよ！」

「……ん？」

「おぉ、一時はどうなることかと思ったが……意識が戻ってよかったよ。君、すぐにお母様を呼んできて」


目が覚めると、枕元に白衣を着た見知らぬ男が立っていた。白衣……白……ハクト？　いやいや、そんなわけないか、医者だな。状況を飲み込もうと起き抜けの頭をフル回転させて考えていると、病室のドアが開いた。そこには、看護師と一緒に涙ぐむ母ちゃんがいた。


「先生！　本当にありがとうございます！　もう……なんと言っていいか……」

「……母ちゃん？」

「あんた3日も意識が戻らなかったんだよ！　本当に心配したんだから……」

「俺、3日も寝てたのか……ていうかあれはやっぱり夢？ イテテ！」

急いでベッドから起き上がろうとした瞬間、腹部に強烈な痛みを感じた。今まで経験したことのない激しい痛みに悶《もだ》える。傷ついた体で動こうとした俺をすかさず医者が制止する。

「いきなり動いちゃダメだよ。しばらく安静にしないと！」

「先生、すみません。それにしても一体何がどうなったんですか？ なんだか記憶が曖昧で……」

「バーでお客さんと揉《も》めてナイフで刺されたそうじゃないか。致命傷は免れたものの大量の出血で危ない状態が続いてたんだよ」

ヤバい。どこからどこまでが現実で、どこからどこまでが夢なのかが全然わからない。とにかく今は母ちゃんと医者に話を聞かなくちゃ。

「先生、俺を刺したのはワタリさんですよね？　兄は無事なんですか？」

「君を刺した犯人は、そのまま逃走。顔写真付きでニュースにもなっているよ。まだ逮捕されていないようだけど、時間の問題だろうね。君のお兄さんは幸いなことに無傷だった」

「そうか……それは良かった」

「まぁ、君は本当に危なかったわけだから、しばらくは入院してもらうよ。くれぐれも安静に。またあとで診察に来るよ」

「先生、息子を助けてくださって本当にありがとうございました！」

医者が病室を出てからも、母ちゃんはしばらく頭を下げていた。

やがて母ちゃんは顔を上げると、いつもより少しだけ優しい声色で話しかけてきた。

「そういえば、あんたの身の回りのものは全部片づけておいたわよ」

「え、部屋に入ったの？」

「お兄ちゃんにあんたのマンションの鍵を借りたのよ！ 洗ってなさそうな服も全部洗濯しておいたからね」

「ありがたいけど……いつまで経《た》っても子ども扱いなんだよなぁ。ていうか、勝手に部屋に入るのはやめてほしいわ！」


ワタリさんのことも気になるけど……本当にあの世界の出来事は夢だったのかな？ ここまでリアルな夢なんてあり得るのか？ あのあと、ナムチはどうなったんだろう。本当に死んだのだろうか。

「お兄ちゃんはまだお見舞いに来てないのね？ もう、イツキったら……。そういえばバーのキッチンも見せてもらったけど、ずいぶん汚かったわね！ 今日は徹夜で掃除しようかしら」

「ちょっとちょっと、母ちゃん！　そこまでされるとなんか自信なくすわ」

「私はあんたたちを思ってやってあげてるんだからね。失礼しちゃうわ！　まぁやっと目を覚ましたことだし、今日は帰るわね。明日また早い時間に来るわ」

「……あっ！　そういえば母ちゃんさ、よく神社巡りしてたよね？『古事記』って知ってる？」

「あらぁ〜急にどうしたの？　私は神社大好きだし、『古事記』も結構好きだからよく話題には出すんだけど、みんな興味なさそうな反応するからさ。最近はあんまり話さなくなったのよね〜」

「まぁ、いきなり神話の話とかされると、なんか引いちゃうときあるよね」

「そうなの？　私たちの世代でも日本の神話を知らない人は多いわよ。面白いんだけどね〜」

「うん、なんとなくタブー感あるしね。でも最近さ、日本神話に興味が出てきたんだよ」

「あら、それはいい心がけじゃない！　ネットか何かで見たんだけど、自国の歴史を知らない民族は例外なく滅びるんだって！　せっかくの機会だし、勉強したらいいわよ」

「あのさ、ナムチっていう名前の神様知ってる？」

「ナムチ？　んー……どこかで聞いたことがあるような……あんまり有名じゃない神様の名前かしらね？　ちょっとすぐには思い出せないわね」

俺が生まれる前から神社巡りを趣味にしていただけに、ナムチのことも知っているかと思ったが、母ちゃんは知らないようだった。

「あんな壮絶な人生なのに、日本神話の中ではそんなに有名じゃないのか！　なんかショックだな……」

「なんでそんなにムチムチ？　って神様のことが気になるの。良かったら近くの本屋さんで『古事記』の解説本買ってきてあげようか？」

「マジか！　母ちゃん、ありがとう。買ってきてくれたらすぐ読むよ。ちなみに、ムチムチじゃなくてナムチね！」

「どういたしまして。とりあえず本を買ったら、バーのキッチンを掃除しなきゃだからね」

「まだ言ってんのかよ！　俺たちのことといくつだと思ってんの？」

「お母さんからしたら、あんたたちはいつまで経っても子どもなのよ。それじゃ、本屋さん行ってくるわね」


……なんだろう、この感じ。ついさっきまで大岩で死にかけていた俺にとっては、ワタリさんとの記憶さえも夢のようにおぼろげに感じる。

『古事記』の世界のこと、ワタリさんのこと、兄貴のこと、今の俺には向き合わないといけないことが山ほどある。ここ数日の出来事を思い出しながら何から向き合えばいいのかと考えていたら、母ちゃんが戻ってきた。


「お待たせ〜！　あら、結局イツキは来なかったのね。はい、これが『古事記』の本よ。わかりやすそうなのを選んだから、普段本を読まないあんたでも読めるでしょ」

「悪いね母ちゃん、ありがとう！」

「しばらく本でも読んでゆっくりしなさいね。また来るね」

俺に本を手渡すと、母ちゃんはすぐに病室を出ていった。よし、やっと確かめることができるぞ。俺が体験したのは、本当に『古事記』の世界だったのか……。

母ちゃんが買ってきた『アホでもわかる古事記入門』という本は、イラストもたくさん載っていてずいぶん読みやすかった。

ふむふむ、日本神話の始まりはずいぶん壮大だな。まずは、天と地が分かれたところから始まるのか……。

……ズキッ。

痛っ！　なんだ？　頭痛……？

えっと……最初にアメノミナカヌシという神様が現れて……次々とたくさんの神様が生まれるんだな。

やがてイザナギという男性の神様とイザナミという女性の神様が生まれて、ドロドロで固まってない大地を整えるために地上に降り立つ……と。

へぇー。日本神話の始まりってこんな感じなんだ。イザナギとイザナミはなんか聞いたことあるなぁ。

……ズキン！　ズキン！

ぐぅう……！　それにしても頭が痛くて読書に集中できない。

しかも、頭の中に〝あの声〟まで響いてきた……。

「残念ながら、『古事記』の内容を知ることはできへんよ」

「タマちゃん!?　やっぱり夢じゃなかったのか！」

「あんな、サムはもう一度ナムチの人生を体験しなあかんねん」

「何言ってんだよ！ ナムチは死んだんだろ？ そんで〝自分で気づく〟って試練もクリアしたんじゃないの？」

「……確かにナムチはあのとき、大岩に焼かれて死んだよ。でも、試練はまだクリアしてへん。**サムはただ自分の気持ちに気づいただけや。自分の課題に気づかなあかんねん**」

「は？ どういうことだよ！ 大体ナムチが死んでるなら戻りようがないじゃんか！」

「そうやな。でも、ナムチには大きな役割があるから、神の力によって生き返ってん。あの〝イザナミ〟でさえ生き返ることはなかったのに、ナムチは特別やったんやろな。とにかくや、サムはナムチとしての役割を全うできていない。その証拠に、イツキも病室に1回も来てへんやろ」

「え？ ナムチとして俺が役割ってのを果たせないと俺は兄貴に気持ちを伝えられないってことかよ！」

「ちなみに、向こうの世界じゃナムチはまだ八十神《やそがみ》に狙われてるから。目ぇ覚ましたらすぐに〝スサノオ〟いう神様に会いに行きや。それじゃ、行ってらっしゃい！」

「せっかく戻ってこれたのに、またあの世界かよ！　うわぁあああ！」

目の前を味わったことのないほどの眩《まばゆ》い光が包む。そうして俺は再び意識を失った。

古事記編②

スサノオと地獄の試練

「……ハッ！　ここは……ん？　布団？」

『古事記』の内容を知ろうとしたら、頭痛がして光に包まれた。そこまでは覚えている。でも、どうして俺は布団の中にいるんだ？　しかも、枕元にいるのは……？

「お目覚めになられましたか」

「あ、あなたは？　うわっ、めっちゃ美人じゃないっすか！」

目が覚めた瞬間、枕元にいたのは艶《あで》やかな長い黒髪の着物美女だった。

「美人？　私の名前はオオヤビコ。あなたのお母様にお願いされて、ここ木の国であなたを匿《かくま》っておりました。因幡国《いなばのくに》からはかなり距離がありますので、しばらくは安心かと」

「ビコ？ あ、男の人なんだ。……っていうか俺、死んだんじゃ――」

「そうです。あなたは熱された大岩の下敷きになって一度死に、巨木に挟まれてもう一度死んでいます」

「二度も!? マジかぁ……何度も死ぬって……マリオじゃないんだから」

「まりお……？ あなたは奇跡の力で二度も生き返りました。きっと、この世界にとって必要な存在なのでしょう。しかし、あなたの兄たちはその流れに抗《あらが》い続けています。彼らも奇跡の力を何度も目の当たりにしているはずなのに……」

「そうなんだね……タケルたちは、どうしてそこまでして俺を殺そうとするんだろう……」

「彼らの心はすでに暴走しています……自身の魂の課題から目を背け、うまくいかない原因の全てをあなたのせいにしているのです」

　なんかタマちゃんも似たようなこと言ってたな。この時代の人たちはこういう考えの宗教にでもハマってたのかなぁ……？

「ナムチがこの国に逃げているはずだ！　見つけ次第すぐに殺せ！」

寝床でオオヤビコの話を聞いていると、遠くから男たちの怒鳴り声が聞こえてきた。しかも、声はどんどん近づいてきている。

「八十神《やそがみ》たちだ！　こんなところまで来やがったのか、どうしよう……」

「ナムチよ。そこの裏口から逃げなさい。そして、大きな木の股をくぐって真っ直ぐに進むのです。振り返らずに進めば、すぐに〝根《ね》の国《くに》〟に着くでしょう」

「根の国？　そういえば、タマちゃんがスサノオって神様に会えって言ってたな」

「そうです。根の国にはスサノオ様がいらっしゃいます。相談すればきっと、良いように考えてくださるはずです」

ドンドンドンドン！

屋敷の戸を力強く叩《たた》く音がする。迫る八十神たちの気配に、俺は瞬時に緊張状態に陥った。脳裏には大岩で焼き殺された記憶が蘇《よみがえ》り、全身が凍りつくような感覚に襲われた。

「おいコラ！　ここにナムチがいることはわかっているんだ。すぐに引き渡せば、いらぬ血を流さずに済むぞー！」

「ナムチ、急いで裏口に向かいなさい」

「わ、わかった、オオヤビコさん！　本当にありがとう！」

「ナムチよ……あなたがこの世界を正しい方向に導いてくれることを信じています」

俺は持てる力の全てを使って必死に走って裏口から逃げた。さっきまでいた部屋から禍々《まがまが》しい空気が漏れてきていることを背中で感じる。俺を匿い、逃がしてくれたオオヤビコは無事だろうか……。

俺は暗く、寒く、薄気味悪い場所を走っていた。先の見えない世界に、恐怖と不安が襲いかかってくる。「根の国に行け」と言われてもどこに行けばいいのか、皆目見当もつかない。

「ハァ……ハァ……裏口にあった木の股をくぐり抜けてから、ずっと変な感じがする……。でも振り返ったらダメなんだよな……」

「せやでサム。後ろを振り返ったらあかんで。根の国は、黄泉《よみ》の国との境目やからな。ゾクゾクするやろ？」

「うわぁー、タマちゃん！ やっと出てきてくれたー、もう泣きそうだよ！」

「なんや急に！ ワンちゃんみたいに懐いてくるやんか」

「なぁ、オオヤビコは無事かな？」

「この状況で他人の心配してる余裕なんてないやろ！ でも安心しぃ！ オオヤビコには災いを司《つかさど》る厄災の神・オオマガツヒっていうもう一つの顔がある。八十神たちでは太刀《たち》打《う》ちできへんやろな」

「ええ!?　あのオオヤビコにそんな怖い一面があるんだ。でも……それなら安心だな！」

「それより、いよいよスサノオとご対面やな。あいつは神々の中でも特にクセが強い神様やから気張っていきや！」

「スサノオってクセ強いの!?　てっきりふかふかの毛布くらい優しく包み込んでくれる神様なのかと思ってたんだけど！」

「そんなわけあるかい！　お父さんであるイザナギの言いつけを守らずに、オッサンになるまで泣き喚《わめ》いてた神様やで？」

「おいおい、超ド級のヤバさじゃねーかよ！　そんなヤベェ神様のところに行って大丈夫なのかよ？」

俺の泣き言をよそに、道の先から少しずつ光が漏れてきた。

「大丈夫、大丈夫。スサノオもそのときよりは成長してるよ。見てみ！　明るくなってきたで。いよいよ根の国に到着や！」

「わっ、急に眩《まぶ》しっ！　ここが根の国かぁ……」

「さっきまでのどんよりした空気と違って清々しいやろ？　ほれ、あそこに大きな屋敷があるやろ？　あそこがスサノオの屋敷や」

「わぁー、大昔の日本とは思えないほど立派な屋敷だなぁ。あれ？　屋敷から誰か出てきたぞ。……こっちに来る……え、なんか怒ってないか？」


　立派な屋敷に相応《ふさわ》しい、仕立てのいい深紅の着物に身を包んだ女性が近づいてくる。少しつり上がった目はきらきらと輝き、自信に満ちた表情をしているが、彼女が怒っているのは明らかだった。『古事記』の世界に来てから出会う女性はヤカミヒメ以来だけど、この人はヤカミヒメとは全然違うタイプの人だと、ひと目見てわかった。

「アンタ、誰？　何しに来たの？」

「あの……俺は……ナムチといいます。スサノオさんに会いに来ました」

「父上に……？　アンタ、怪しいやつじゃないでしょうね？」

「いやいや、全っ然怪しくないっす！　っていうかお姉さん、スサノオさんの娘さんなんですか？」

「そうに決まってるじゃない。スサノオの娘のスセリヒメ、アンタ知らないの？」

「なるほど！　スセリヒメさんっていうんですね。ごめんなさい、今知りました！」

「何よアンタ、正直者すぎて拍子抜けしちゃうわ！　それで、なんの用？」


　ひとまず話は聞いてくれるみたいだ。しかもスサノオの娘だなんて、二度目の転生早々、ラッキーだ。

「えっと……あなたのお父さんにいろいろと相談したいんです。兄たちに何回も殺されかけてて……厳密にいうと2回殺されてるけど」

「何よアンタ、情けないわね！　そんなの自分の力でなんとかしなさいよ。まぁ、アンタが本気で父上に会いたいっていうなら連れて行ってあげてもいいけどさ！」
「え、いいんですか!?　スセリヒメさん、さっきからめちゃくちゃ優しいですね！　これでヤカミヒメのところに戻れるかもしれないぞ」

口調は強くてもスセリヒメの言葉からは優しさが滲《にじ》み出ている。なんだか俺の母ちゃんとも通じるものがあるな。

「何よ急に！　この美貌はしょっちゅう褒められるけど……アンタみたいに中身を褒めてくるやつはなかなかいないわよ。そういうアンタも少しは顔がいいけどさ……なんなの？　何様なの？　私の夫にでもなるつもり!?　っていうか、ヤカミヒメって誰なのよー！　キィーー！」
「うわぁ、なんか一人で盛り上がって急にキレた！　めっちゃ美人だしいい人だけど、なんかヤバい……」

「何？　今私のこと美人って言った!?　……まぁ、いいわ。アンタがその気なら、父上に会わせてあげる！　こっちへ来なさい」

「うわぁ、そんな……いきなり!?」

スセリヒメは強引に俺の手を引いて、屋敷の中に入っていく。心の準備が全くできていないまま、タマちゃんが「クセが強い」って言ってたスサノオと会うなんてキツすぎる……。

「父上、客人よー！　私のこと優しくて美人だって、いきなり告白してきたのー！」

「うわわー！　なんちゅう気まずい入りだよ」

屋敷の大広間には、見たこともないような大男が背中を向けて座っていた。俺が人生で出会った人の中で一番大きかったタケルよりも、遥《はる》かに大きい。男の髪は長く、肩幅と背中はやたらと広い。気のせいかパチパチと体中に電気のようなものがほとばしっているように見える。男はゆっくりと振り向き、俺を値踏みするように見たあと、ぶ厚くて低く唸《うな》るような声でこう言った。

「ほぉー、コイツは……葦原醜男《あしはらのしこお》じゃねーか！」

「え、なんですか？　アシハラノ……？」

「お前、シャレの通じないやつだな。お前は高天原《たかまがはら》と黄泉の国の間にある葦原中《あしはらのなかつ》国《くに》から来たんだろ？　その葦原から来た醜《みにく》い男、だから葦原醜男だ。バッハッハ!!」

ガタガタガタタ！　ガッシャーン！

スサノオの大きな笑い声が部屋中に響き渡ると、突然床が揺れ、周囲の皿や壺《つぼ》が割れ出した。驚きと恐怖で身を縮めながらずいぶんタイミングよく地震が起きたものだと思ったが、俺は違和感に気づいた。

「も、もしかしてスサノオの笑い声だけで、皿が割れてんのか⁉」

「いつものことよ。ちなみに父上は誰かを褒めるときには、〝逆の言葉〟を使うから今のは褒め言葉よ。安心して」

「そ、そうなんだ！　……っていうか、こんなとんでもない神様にどうやって助けを求めればいいんだよー！」

「おい、貴様ァ……！　もしや誰かから逃げてここにやって来たのか？」

「……そ、そうです！」

「なるほどなぁ……通りで負け犬の臭いがすると思ったわ！　ノコノコと逃げてきて、俺様に力を借りようって魂胆なんだな。バッハッハ！」

パリンパリンパリン！　ガシャンガシャーン‼

先ほどよりも大きな笑い声が轟《とどろ》くと、またも床が揺れ、皿が割れ出した。

「意外と鋭い……しかもさっきより皿割れてるし……」

「まぁいい。うちの娘もお前を気に入ったみたいだしな。今日くらいは我が家に泊まっていくといい」

「は、はぁ……ありがとうございます」

「おい、スセリ。コイツを〝蛇の間〟に案内してやれ！」

「え、蛇の間に？　わ、わかったわ……ナムチ、こっちよ」

「は、はい！」


スセリヒメの案内で、俺はスサノオの大広間を出ることができた。あれだけ強烈なキャラクターと同じ時間を過ごしたことがないからか、とんでもなく気疲れした。

廊下を先に歩くスセリヒメが同情するような目で俺を見ながら「ごめんなさいね」と話しかけてきた。


「ああ見えて父は悪い神様じゃないのよ。とっても繊細で優しいの。口は悪いけど、誤解しないでね」

「ものすごく、そのぉ……ガサツに見えたけど……優しいんだね！」

「そうなの、わかりづらいけど優しいのよ。さぁ、着いたわ。ここが蛇の間よ！」

「えぇぇ!? なんだここ……へ、蛇だらけの部屋？」

スセリヒメに導かれて、足を踏み入れた部屋にはたくさんの蛇がいた。壁や床にはもちろん、調度品や棚にも蛇が巣くっていた。恐ろしい光景に立ちすくんでしまったが、スセリヒメは慣れ親しんだ様子で蛇を撫《な》でている。

「そうよ。蛇の間は父のお気に入りの部屋なの。今日のあなたの寝床よ」

「えっと……スセリヒメ……これは、何かの冗談だよね？」

「いいえ、冗談じゃないわよ」

「めちゃくちゃ蛇がこっち見てるけど……ここで寝るの？ もちろん、この蛇たちはとっても大人しくて、毒もないペットなんだよね？ ね？」

「ぺっとっていうのはよくわからないけど、うちの子たちはみんな気性が荒くて、猛毒を持ってるわよ。熊くらいならイチコロかしら」

「えっと……ごめん、これはさすがに言わせてもらうわ。無理無理ムリムリィーー!! どこが『父上は繊細で優しい』だよ! 豪快で極悪じゃねぇか! こんな毒蛇だらけの部屋に泊まれるわけないだろ。普通に死ぬぞ!」

「大丈夫、大丈夫。この布を貸してあげるわ。もしも蛇に噛《か》まれそうになったら、この布を3回振るだけで蛇は鎮まるから。逃げ帰ろうとしたら、きっと父上に殺されちゃうから変な気は起こさないでね。それじゃ、おやすみ」

「嘘《うそ》……だろ……」

毒蛇だらけの地獄のような部屋には、ご丁寧にも布団が敷いてある。そもそも布団にも蛇が乗ってるぞ。本当にここで寝ろっていうのか?

「めちゃくちゃ怖いけど殺されるよりマシ……なのか……? この仕打ちは一体

何？　イジメ？　罰ゲーム？　神様ハラスメント!?」

ソロリソロリと布団に近づこうとすると、蛇たちが一斉に動き出して、こちらに近づいてくる。

「うわっ、一気に来た！　死ぬ死ぬ死ぬ！」

無数にいる蛇の中でも、特に威勢のいい一匹が今にも噛みついてきそうな勢いで、こちらに迫ってくる。

「ぎゃー！　……そ、そうだ！　スセリヒメから借りた布があったよな。これを振ればいいいんだっけ？　うおー！　どうだどうだ!?」

スセリヒメには3回と言われていたけど、勢い余って10回くらいは振っただろうか。恐怖で前を見られない。布を振りながら、俺は思わず瞑《つぶ》ってしまった目をゆっくりと開けた。

「……あれ？」

蛇の動きが止まっていた。それどころか、蛇たちがみんな巣に戻っていく。やったー！

ホッとした瞬間、一匹のネズミが蛇の群れの中から転がり出て、そのまま勢いよくこちらに向かって走って来た。

「あ、あのぅ！」

「うぉあ！　ネズミが喋《しゃべ》った!?　ほんと、『古事記』の世界は動物が当たり前のように喋るな」

「お取り込み中のところすみません。自分、何か食べるものないかなーってこの辺ウロウロしてたら、蛇に巻きつかれて死ぬところだったっス！　食べ物を探してたのに自分が食べ物になるところでしたわ。ハハハ！　でも、あなたのおかげで助かりました、押忍《おす》！」

「めっちゃ喋るな、このネズミ！　でも助かったなら良かったよ！　俺の名前はナムチ。君は？」

「わぁ〜、名前まで教えてくれるんスね！　自分はムシカっていいます！　自分の言葉を理解してくれて嬉《うれ》しいっス」

「え？　みんながみんな動物の言葉を理解できるわけじゃないのかな？　もしかして、これがナムチの特殊能力……？」

「ちょっとこの屋敷は本格的にヤベェ感じがするんで、いつも通り野原を駆け巡って食べ物を探します。それではナムチ様、お元気で！」

「お、おぉ元気でね！　なんだったんだ今のは……ふぅ……それにしてもなんか疲れたな。そろそろ寝るか……」

蛇がいなくなった部屋はとても静かで暗かった。蛇はいなくなったけど、なんだか生臭い臭いだけが部屋に充満している。それでも今日1日の疲労を考えれば、十分寝られるだろう。

それにしても、俺はこれからどうなるんだろう？　スサノオは一向に力になってくれる気配がないのに、タマちゃんはなんのために俺をここへ……？　まぁ、いいや。明日、屋敷から出られそうなら即逃げ出そう。

「ナムチ、起きて。父上がお呼びよ。それにしても、昨日は上手くやったのね。偉いわ！」

少し目を閉じたつもりが、いつの間にか眠ってしまっていたようだ。スセリヒメの声で起こされ、眠りから覚めた。周りを見回すと、日の光が差し込んでいて、朝になっていることがわかった。

「……へ？　なになに？　今日はもう帰りたいんだけど……」
「何を冗談言ってるのよ。さぁ、父上が外で待ってるわ。行きましょう！」
「え、全然冗談じゃないんだけど！　ちょっ……手を引っ張る力がすごいんだってば！」

スセリヒメに連れられるがままに外に出ると、スサノオが弓矢を持って待ち構えていた。昨日は屋敷の中で座っているスサノオしか見ていなかったから、立ち姿から放たれる威圧感に圧倒されてしまう。

「貴様……ナムチといったな？　今から俺様がこの矢を天に放つ！　この矢の飛んでいく方向をしっかりと目に焼きつけておけ！」

スサノオが弓を軽く引いて矢を放つと、矢はピューオーンと甲高い音を立てて飛んでいき、あっという間に見えなくなった。

「は、はぁ……よく飛びましたね。すごい！　現代ならギネス級！　では、帰ります！」

「待てぃ、ナムチ！　お前は今放った矢を探してこい。今すぐに、だ。日が暮れるまでに見つけることができなければ……命はないものと思えよ？」

「やっぱりこういう展開かー！　もう勘弁してくれ……」

「ナムチ、飛んで行った方向は見てたわね？　父上も手加減してたし、そこまで遠くには飛んでないわよ。大丈夫、いけるわ！」

「スセリヒメ……でも、そうか！　よく考えたら矢を拾うだけだもんな。昨日の毒蛇に比べたら遥かにマシか……わ、わかった。行ってくる！」

「クックック……元気よく走って行ったが……面白くなるのはここからだ。スゥゥー……」

スサノオが上を向き、思いきり息を吸い込んだ。次の瞬間、俺はサーカスでも映画でも見たことのない信じられないものを目の当たりにした。

「な、なんだ!? 火?」

スサノオが口から馬鹿でかい火を吹き、その火を目の前の野原に向けて放った。火は一瞬にして野原に燃え広がり、周囲を炎が囲んでいく。まさに火の海だ。

「これは想像以上に燃えたな! ここまで燃やす気はなかったんだがなぁ。バッハッハ!」

「父上、やりすぎよ! ここまで燃やしたらさすがのナムチでも死んじゃうわ! ナムチが死んだら……タダじゃおかないから」

「スセリよ、焦るんじゃない。あいつがこれから国を背負う器だとしたら、こんなところで死ぬはずはないだろう。もし死んだとしたら、そこまでの男だったということよ。さぁナムチよ、行くのだ!」

逃げ出したい気持ちを押し殺して、俺は燃え盛る野原に駆け出した。

燃える野原を見て、前回タケルに焼き殺されたことが脳裏をかすめた。前は焼き殺されることで現世に戻ることができた。漫画や映画では転生やタイムリープのきっかけとなる「トリガー」がある。俺にとって焼き殺されることがトリガーだとしたら、また元の世界に戻ることができるかもしれない……。

それに、ナムチは2回も死んで生き返っているっていうじゃないか。俺は現世に戻って、ナムチはこの時代で生き返ってスセリヒメと結婚。これが今取れる最善の策であることに間違いはないだろう。


「ナムチはもう生き返ることはできへんよ」

「タマちゃん！　そ、そうなの？　っていうかいつもいつも俺の考えてることなんでわかるんだよ」

「質問は一個にしてほしいわ。ワシがサムの考えてることがわかるなんて当たり前やん」

「その辺そろそろちゃんと説明してくれよ……それより、ナムチがもう生き返れないってどういうこと？」

「あの復活はホンマに奇跡やったんや。やから、ここでサムが死んだらこの世界線のナムチは消える。残念やけどな」

「マ、マジかよ……でも、俺は巻き込まれただけだろ？　ここでナムチが死んでも俺のせいじゃないよな」

「そうかもしれへんな。でもな、サムはホンマにそれでええんか？」

「どういうこと？」

「このままナムチの命を使って、現世に戻ってもいいんか？　後悔せえへんか？」

「後悔？　俺は悪くないだろ？　なんで後悔なんか……」

「サムの口癖は〝俺は悪くない〟やったな」

「うっ……！」

図星だった。俺は現世でもこの時代でも、いつも他人の行動に巻き込まれているような思いを抱えながら生きてきたんだ。


「その言葉を口にして、仕事でも人間関係でも一度だって人生が好転したことはあったか？　元カノのユウちゃんにもその考え方が原因でフラれたんちゃうの？」

「元カノの名前は出すなよ！　なんで知ってんだよ」

「なぁ、サムはもうわかってるんやない？　自分の人生にどんな課題があるか。その課題を前にしたとき、サムはいつもどういう行動を取ってきたのか。なぁ、ホンマはもうわかってるんやろ？　サムの課題は――」

「わかってるよ！　肝心なときにいつも逃げることだって言いたいんだろ？　そうだよ！　俺はいつも大事な場面で逃げてきた。逃げて逃げて逃げ続けてきたんだよ。兄貴とだって、本音でぶつかれたことなんか一度もなかったし、これまで付き合ってきた彼女とも、親からも俺は逃げ続けてきたんだよ。あの日だって……ワタリさんが俺を刺したあの日だって……俺はワタリさんから逃げたんだ！　本当は、あの人がすごく悩んでることも知ってた。だけど、俺はあの人から逃げたんだよ！　だから、俺はあのとき刺されても仕方なかったんだ」

俺が一息にこれまで薄々気づいていても言葉にできなかった思いを口にすると、タマちゃんはしばらく黙っていてくれた。


「そんな風に思ってたんやな……」

「そんな俺が、ナムチの命なんか背負えるわけないだろ！　でも、どうしたらいいんだよ……」

「自分の弱さを認められただけでもすごいやんか。そんなん普通できることちゃうよ。サムは偉いわ！　……やからこそ、ここからはな。ナムチの命を使って現世に戻るか、ナムチの命を背負って生き残るか、自分で選んだらええよ！　サムが自分の意志で決めたらええ！」

「……現世には戻りたい！　でも……それはナムチが死ぬ以外の方法で成し遂げる。

俺のせいでナムチが死ぬのは嫌だ！」

「そうか。わかった……なんかワシ、感動したわ。とはいえワシにできることは何もないんやけどな。とりあえず応援しとくわ。頑張れ！　ほなね」

「うおぉおい！　行っちゃうのかよ、タマちゃん！　でも、自分の力でなんとかしないと……。どこかに……どこかに突破口があるはずなんだ。熱いし、酸素が薄くて……クラクラする。……そうだ、こういうときは確か、低い姿勢の方がいいってて何かで見た気がする！」


俺は昔テレビで見ただけの記憶を頼りに、ほふく前進で進むことにした。


「ほふく前進なんて初めてしたわ……煙って本当に上に昇っていくんだな……これなら前も見えるぞ」

「……ナムチ様！　ナムチ様ぁ！」

「なんだ!?」

「ナムチ様ぁ！　ムシカっス。ずっと呼んでたんですが、低い位置に来てくれたおかげでようやく声が届いたっス。嬉しいっス！」

「ム、ムシカぁ！　なんでこんなところに？」

そこにいたのは、スサノオの屋敷の蛇の間で出会ったネズミのムシカだった。

「ナムチ様を助けにきたっス！　よくぞ諦めずにここまで進んで来られました。もうここは自分の領域っス。あと一歩進んだところで全体重をかけて地面にのしかかってください」

「わ、わかった。こうか！」

ムシカの言う通り地面にのしかかると、蟻地獄《ありじごく》のように地面がゆっくりと沈みはじめた。

「うわっ！　体が地面にめり込んだ？」

「その調子っス。もうひと踏ん張り！」

「よし！　ぐぅう……うわ！」


思いきり体重をかけたら、それまでゆっくり沈んでいた地面がテレビのバラエティ番組で見る落とし穴のように一気に抜けた。


「いってぇー……こんなところに大きな落とし穴があったなんて。中はめちゃくちゃ広いね！」

「外敵からの緊急回避用にこの辺に作りまくった落とし穴っス。外側はすぼまってるので、火は入ってこないっス！　ナムチ様、お怪我《けが》はないですか？」

「大丈夫だよ！　本当に本当にありがとう。……それにしても、なんでこんな危ないところに来てくれたんだ？」

「なんでって……ナムチ様は自分に名前を明かしてくれました。こんな一匹のネズミに神様が。自分は嬉しかったっス！　立場は対等じゃないにしても対等に扱ってくれてる気がして……何かあったら力になりたいって心に決めてたんスよ！」

「ムシカ……」

「立場の上下や生物の種の違いさえも関係なく、フラットに関われるところはサムのええところやな。やるやん！」

いつの間にかタマちゃんも近くに戻ってきてくれていた。タマちゃんから連続で褒められるなんて出会ってから初めてでなんだか照れてしまう。

「タマちゃんまで……いや、俺だって上下で考えてしまうことくらいあるよ。強そうな人とか金持ちにはヘコヘコしちゃうし……」

「大丈夫、大丈夫！　強そうな人にヘコヘコしてしまうのはまた別の問題やから！」

「そうなのか……ってあれ？　ムシカがいない！」

「あぁ、ムシカは今スサノオが放った矢を探しに行ってくれてるよ。きっと、一部始終を見てたんやろな。ムシカもな、自分では気づいてないけど元々は神様やねん。昔々に〝**魔王モード**〟に入ってもうて、今はやり直し中ってわけや。あの感じやといずれまた神様に戻れそうやな」

「……え？　魔王モード？」

「サムがやってるゲームにも出てくるやろ。あの魔王や。〝人間とか世界を滅ぼそうと企《たくら》んでる悪の親玉〟みたいなやつ。**魔王モードってのはな、人のせいにし続けたら突入してしまうこわーい現象やねん**」

「人間が魔王みたいな考え方になっちゃうってこと？」

「そうや。**サムのように逃げてもいい、忘れてもいい、人のせいにしてもいい。それが〝気づくきっかけ〟になるならな。でも、人のせいに〝し続けたら〟あかん**」

「〝し続けたら〟どうなるの？」

人のせいにしてもいい。

タマちゃんの言葉は意外だった。これまでの人生で親だけじゃなく、先生だったり上司だったり、いろんな人から「人のせいにするな」と言われたことを思い出すと、なんだか拍子抜けしてしまう。

大事なのは、人のせいにしてもそれが「気づくきっかけ」になるかどうか。

そして、人のせいに〝し続ける〟と……？

「人のせいに〝し続ける〟ってのはな。ホンマは不可能やねん。何が起こっても、どっかで自分と向き合わなあかんように、この世界はできてるねん。**でも、それをせずに人のせいに〝し続ける〟ってことは、何かを捻《ね》じ曲《ま》げてるってことや**」

「捻じ曲げてる……」

「**実際に起こったことや過去に感じたことさえも頭の中で作り替えてしまってるねん**。だから、憎しみの対象が広がり続ける。魔王は極端な存在やけど、最終的には人類や世界そのものを破壊しようとするやろ？　たとえ自分の身が滅んでも……そうなったらなかなか後戻りはできへん」

「なるほど……でもさ、事実を捻じ曲げてるなら証拠を突きつけて論破すれば良くない？」

「あかんあかん！　正論を突きつけるのは、魔王モードの人間に一番したらあかんことや！　そんなことしたらさらに凶暴になって攻撃されるか、その人自身の心が壊れてしまうで」

「えっ、ムズ！　じゃあそんなやつが現れたらどうすればいいのさ？」

「魔王モードの人間が現れたら……逃げるか、大きな器で魔王の心を飲み込むか、二つに一つやな。もちろん逃げた場合は魂が成長する可能性は低いよ」

「事実を捻じ曲げて大暴れしてるような人間を大きな器で飲み込むってどういうこと？　こっちが折れろってこと？」

「ちょっと違うな。もしかしたら、この話はまだサムには早すぎるかもしれへんな。ヒントは〝善とか悪とかいう二元論に囚われるな〟ってことや。**何より大事なのは、サム自身がどんな未来を作りたいか。何を大切にしているか。そこに集中することやな**」

「よくわかんねぇけど、向こうが悪いのにこっちが大人にならないといけないって話ならモヤモヤするなぁ」

「魔王モードになった人間が自分の前に現れるときは、自分の精神を大きく成長させてくれるチャンスなんやけどなぁ」

「また出たよ、その理論！　成長成長ってうるさいなぁ！　そもそも魔王モードになるやつなんて滅多にいないだろ」

「身近にある例でいうと、サムみたいに恋人からフラれるパターンが何回も続いたとするやんか？」

「おい、そのたとえ話やめろよ！　傷つくぞ！」

「酷な話やけど、毎回フラれるとか浮気されるってことは、サム自身にも何かしらの問題があるわけやん？」

「あー！　あー！　聞こえない、聞こえなーい！」

悔しいけど、タマちゃんの話は完全に図星だ。タマちゃん相手には無駄とわかっていても思わず手で耳を塞いでしまう。

「頭に直接話しかけてるから、耳塞いでも無駄やで。でも、自分の問題に目を向けずに相手のせいに〝し続けた〟結果、『女なんて全員クソだ！』とか言い出すわけよ。わかる？」

「俺はそんな極端なこと言った覚えは……いや、フラれてベロベロになるまで飲んだ日は連呼してた気がするな」

「サムは単純やからすぐ忘れるけど、人のせいに〝し続けた〟結果、女性という性別そのものを憎悪の対象にする人もおる。これも魔王モードの典型的な例やな」

「そうか……そこまで極端に人を憎んだことはないけど、なんかわかるな……本当に苦しいことがあったとき、目の前の大事なことから逃げて、結局自分が傷ついて、何もかも嫌になって自暴自棄になったこともあったっけ。フラれたときも、友だちと喧嘩別れしたときも……」

「サムは頑張って忘れようとするもんな。お酒飲んで、いっぱい泣いて。それはそれでええねんで」

「そうか……全部自分のせいにすればいいってことか。バーでワタリさんに刺されたのもやっぱり俺のせい……俺があのとき逃げたから……」

「違うで、サム。めっちゃ勘違いしてるわ！　前にも言うたけどな……あっ、あかん！　ちょうどムシカが帰ってきたわ。この話はもっといいタイミングで伝えたいからここまでにしとく！　ワシはこの辺で失礼するわ。スサノオの試練もまだ続くから頑張りや！」

「え？　また最後まで聞けないのかよ！　しかも、スサノオの試練ってまだ続くの!?」

「ナムチ様！」

　矢を探しに行ってくれていたというムシカが降りてきた。ムシカの手には、しっかりとスサノオが放った矢が握られている。

「おぉムシカ、無事だったんだね！」

「心配していただいて畏れ多いっス！　思ったより遠くにありましたが、無事に矢を見つけました。どうぞ！」

「よく見つけてこれたね、すごいよ！」

「お役に立てて光栄っス！　さっきマブダチのスズメから聞いたんですが、スセリヒメさんが泣きながらナムチ様の葬式の準備をしてたそうですよ。急いで行ってあげてください！」

「えっ、それは急いで戻らないと！　ムシカ……本当にありがとう。行ってくるね！」


ムシカが案内してくれた穴から這《は》い出た俺は、急いで野原からスサノオの屋敷に戻った。道中はすでにほとんど火が消えていたおかげで無事に進むことができた。

屋敷に近づくと、スサノオとスセリヒメの声が聞こえてくる。

「火は消えたが、やはりナムチは焼け死んだか……。スセリ！　葬儀の準備はできているか？」

「グスッ……準備、できたわ。ナムチ……本当に死んじゃったの？　……あれ？……うそ!?　向こうから走ってくるのは……ナムチ？」

「ハァハァ……なんとか！　矢を……見つけました！　これで……いい……ですか？」

「バーッハッハ！　まさか生きていたとはな。もし生きのびたとしても、そのまま逃げると思っていたが……なかなかやるじゃねぇか！」

　確かに……なんで俺、わざわざスサノオのところに戻ってきたんだ？　あのとき、ナムチの命を背負った気がしたから？　それともムシカが頑張ってくれたからか？

　いつもの俺なら、こんなことはしなかったような。

「ナムチよ。屋敷の大広間に行くぞ！　スセリも来い」

スサノオに言われるがままに屋敷の大広間に着くと、スサノオはドスンと勢いよく腰を下ろした。あらためて向き合うと、やっぱりとんでもなくでかい……。


「ナムチよ！　こっちに来い」

「は、はい！　なんでしょう？」

「俺様の……頭のシラミを取れ」

「え……？　シラミ？」

「そうだ。丁寧にやるんだぞ！」


シラミってあれか……？　昔の人の髪の中に棲《す》んでたやつか？

横になったスサノオの頭を恐る恐る覗《のぞ》くと……そこにはシラミではなく、巨大なムカデが蠢《うごめ》いていた！

「ぎ、ぎえええええぇーーー！　ム、ム、ム！　ムグッ!!」

いつの間にか背後にいたスセリヒメが俺の口を塞ぎ、スサノオに聞こえないようにこう囁《ささや》いた。

「ナムチ、慌てないで。このムクの実と赤土を上手く使って、ムカデを噛《か》み砕くフリをして。いい？　絶対に狼狽《うろた》えないでね？」

「わ、わかった。……こうか？　うぇ……ペッペッ！　不味《まず》っ！」

「ほう、ナムチのやつめ。まさかここまでやるとはな。お前にはスセリを……この国を……任せても……グゥ……いいのかもしれん……ガー！　ガー！」

俺が吐き出した赤土混じりのムクの実を潰したムカデと勘違いしたスサノオは、皿を割った笑い声と同じくらい大きないびきをかきながら眠ってしまった。

「えっと……寝た？」

「父上は安心したのよ。そしてナムチ、あなたを心から認めたの。**あなたは今から私の夫となり、次の〝国づくり〟の担い手となるのよ**」

「く、国づくり？」

「そうよ。イザナギ様とイザナミ様が断念した国づくりをあなたと私で引き継ぐの」

「どういう展開？　俺は八十神たちから逃げてきて、スサノオから助言が欲しかっただけなんだけど？」

「気づいてなかったの？　あなたは今、父上の試練を乗り越えたのよ。これまでの試練も全て、あなたを成長させるために仕向けたものなの」

「そうなの？　でも、スセリヒメがほとんど助けてくれたんじゃ……」

「逃げようと思えば逃げられたはずよ。でも、あなたは最後まで逃げず、諦めなかった。私がナムチを気に入ったからという理由だけじゃない。あなたがこの国を背負う器だと父上はお認めになられたのよ」

「いや……国を背負うなんてそんなの……」

「何よ！　今更怖《お》じ気《け》づいてるの？　私を妻にしたあなたが父上にまで認められたんだから、そうなるに決まってるじゃない！」


突然の展開についていけないけれど、さすがはスサノオの娘なだけある。話に妙な説得力があって、納得してしまう。

……あれ？　さっきまでまくしたてるように俺を説得していたスセリヒメが突然動かなくなった……。目の前で寝ているスサノオのいびきも聞こえないし、周りもやけに静かだ。何が起きているんだ？


「サム！　何を迷ってるんや？」

「タマちゃん！　スセリヒメも動かなくなっちゃったし、急に静かになったし、これってどういう状況なんだ？」

「緊急事態やから時を止めたんや」

「タマちゃんそんなこともできんの!? すご!」

「『すご!』とちゃうねん。なんでこの期に及んで躊躇《ためら》ってるんや?」

「だってさ、国づくりとかわけわかんないし! そんなことにナムチを巻き込んでいいのかなって……俺だったら絶対無理だし……」

「あのさ……サムにとっての〝国〟ってどういうものなん?」


国? 今まで考えたこともない問いに何もいい答えが思い浮かばない。


「なんだろ? 俺は日本に生まれたから日本人だってことしかわからないな……」

「あんな、国っていうのはな……人が集まってできるもんやねん。当たり前の話に聞こえるかもしれへんけど、**一人ひとりの心が集まって国が作られていくってことなんや。だから昔の天皇は国に住む全ての人のことを〝大御宝《おおみたから》〟って呼んだんやで。**一人ひとりの心、大御宝の集合体が国なんや」

「国に住む人が……宝」

「そうや。〝大国主《おおくにぬし》〟はイザナギとイザナミの代で途絶えてしまった国づくりを託されたんや。これはめちゃくちゃすごいことなんやで」

「大国……なんだって？」

「あー、それは今はええ。いずれわかるわ」

「でも、いきなり『国を背負え』なんて言われたら、重たすぎるでしょ！」

「何言うてんねん！　さっきも言った通り、国っていうのは一人ひとりの心が集まってできてるんやで。**自覚がないだけで国に住む全ての人間が国を、地球を背負ってるねん！**」

「なんとなく意味はわかるよ！　でも……ナムチはそんな一人ひとりの上に立つ王様になるってことなんでしょ？　余計しんどいよ!!」


一人ひとりがいて国ができる。当たり前すぎて考えもしなかった〝国〟の姿がぼんやりと見えてきた。でも、それと俺が国を背負う話は別だろ。

「国づくりを任されたからってトップに立って威張り散らかせって話じゃないんよ。**国の心であり、宝でもある一人ひとりが生きるのに必要な全てを伝えていくことが王様の役割なんや。**例えば、農業とか医療、お祭り、心の在り方とかな」

「そういうことなの!?　何かイメージと全然違うな……」

「そうやろ？　国づくりってのは本来そういうもんなんや。そして、それはサムの時代でも同じじゃ」

「え、そうなの？　俺の世界にはそんな王様一人もいないよ？　たぶん……」

「そうやろうな。『自分自分！』って考える人間が増えると、このバランスは簡単に崩れるねん。そして、気がつけば一部の権力者が支配するピラミッド構造ができあがってしまう。サムが生きる現代は、まさにその極みみたいな時代やな」

「でもでも！　『古事記』の世界より、よっぽど便利で豊かだと思うけどな……」

「そう思うのはサムがなんにも知らんからや。**歴史から何から大切なことは何一つ教えられず、体も精神も蝕《むしば》まれ続けてるのにそれにさえ気づいてない。**国づくりという観点から見ると、真逆の世界やな」

「えぇー!?　そんなひどい世界なの？　なんかへこむわ」

「もちろん一人ひとりが悪いってわけじゃないよ。でもこのままの方向性やと、不幸な人の方が圧倒的に多くなってしまう。だからこそ、サムが『古事記』の世界で国づくりを学ばなあかんのやろな」

「は？　俺が？　どういうこと？」

「あんな、サムがこの『古事記』の世界に来たのは……『古事記』の世界で国づくりを学んで現代に活《い》かすためやとワシは思っとる」

「いやいやいや、何言ってんの？　俺はただのしがないバーテンダーだよ？　経営も恋愛も人間関係も上手くいってない普通よりちょい下の人間だぜ。それが国づくりってどういうことなの!?」

「確かにサムはうだつの上がらん人間やけど、だからこそこれからの世界に必要やねん。すごくないからいいんや。ナムチもそうだったように、自分で気づいて受け入れて努力して、少しずつみんなと一緒に進んでいける存在が国づくりのトップにぴったりなんや」

「そ、そうなんだ。褒められてるのかけなされてるのかわからないけど……結局俺はどうしたらいいんだ？」

「サムはこれからの人生、どう生きたいん？」

「これからの人生」の生き方……。自然と思い浮かぶのは、死ぬ前にやり切れなかった〝願い〟だった。

「兄貴にはいつも怒られてばっかだし……お客さんともすぐ喧嘩しちゃうけど……それでも楽しく笑って生きていたい。みんなと仲良く幸せに暮らしていきたい！」

「その夢がそのまんま国づくりで実現していくことやったらどうする？」

「おぉ！　それならやってみたい……かも！」

「そうか……じゃあ、ナムチの体で国づくりを体験してみよか」

「ん？　どういうこと？」

「時止めもこの辺が限界やからボチボチ行くわな！　あとは頑張って！」

「あぁ忘れてた！　今って、スセリヒメから国を背負えって詰められてたんだった！」

タマちゃんの声が聞こえなくなると同時に、止まっていた時が動き始めた。

「ナムチ、どうするの？　国づくりをする決意ができたなら今すぐ父上のもとから離れるわよ！」

「よ、よし！　わかった、一緒に行こう！」

「そう言ってくれて良かったわ！　あそこに父上が大切にしてる太刀と弓矢、琴があるのが見えるわよね？　あれを持ってここから逃げるわよ！」

「あ、あれってスサノオの宝物だよね？　それを持って逃げるの？　せっかく認めてくれたんだよね？」

「父上はね、素直じゃないの。さっき眠ったのもきっとわざとよ。起きたらまた何をされるかわからないわ。でも、父上の神器があれば怖いものなし。さぁ、あなたは父上の髪の毛を柱にくくりつけて動けないようにして！　私は神器を取ってくるわ」

「は？　スサノオの髪の毛を柱にくくりつける……？　起きたら絶対殺されるじゃん、発想がぶっ飛びすぎてるよ！」

「早くして！　力いっぱいくくりつけないとすぐに解《ほど》かれるわよ！」

「マジかよ。うわぁ……髪の毛はムカデだらけだし、すんごい剛毛だし……怖いよー！　クソー、こうなったらやってやる！　めちゃくちゃ複雑に結んでやるぞ。この……！　このっ！」

「いいわね。さぁナムチ、ここから逃げましょう！」


こうして俺はスセリヒメと共にスサノオの屋敷から逃げ出した。なんだかとてつもない決断をしちゃった気がするけど大丈夫なのか？

「ハァハァ……スセリヒメ……！　どこまで行くんだ？　荷物が……重くて……置

いていかないでくれ」

「私があなたを置いていくわけないでしょう。でも全力でついてきて。まずはこの根の国から抜け出さないといけないわ。もうすぐ境界の黄泉比良坂《よもつひらさか》だから、そこを抜けてから考えましょう！」

「もしかしたらスセリヒメもノープランな感じなのかな？　っていうか神器が重い……！　ちょっと休憩！」

不意に立ち止まろうとすると、持っていた神器の琴が木の枝に触れてしまった。

その瞬間、ポロロローンという美しい音色が大音量で鳴り響いた！　しまった、大事なところでいつも俺は……！

「大変！　父上が……起きる！」

「……ぅぉおおおおおおお!!」

遠くから、吠《ほ》えるような叫び声が聞こえる。屋敷から数百メートルは離れたはずなのに、スサノオの大声で空気が震えるのを感じた。


「父上の声だわ！」

「俺様の髪の毛を柱にくくりつけやがったのは誰だぁぁああ！　ナムチの野郎か？　ぶっ殺してやるぅうう！」

「ひ、ひぇえええ……終わった……」

「大丈夫よ！　父上も黄泉比良坂を越えたら追ってこないわ！　早く行きましょう。それに髪の毛が柱に絡まってるから、しばらくは動けないはずよ」

「そ、そうだった！　めっちゃ念入りに柱に結んだからそう簡単には動けないはず――」


その瞬間、屋敷ごと破壊したかのような凄《すさ》まじい爆音が響いた。地面の揺れとともに、爆撃のような足音がとんでもない速度でこちらに向かって来る！　振り向くと、あたり一帯を振動させながら大股で近づいてくるスサノオが見えた。髪の毛には大きな柱が何本もついたままだ。

「父上ったら……柱が髪の毛に絡まったまま追いかけてきたみたいね……」

「どんだけ化け物なんだ、スサノオは！　ど、どうする？」

「ナーーームーーーチーーーー！　見つけたぞぉおおお！」

「めちゃくちゃ速い！　追いつかれるぅうううう」

「ナムチ！　涙目で逃げるだなんてやめなさい。あなたはもう王様なのよ！　見て、すでに黄泉比良坂を越えかけているわ！　父上はこの先はもう追ってこない！」

無我夢中で走ってたから気がつかなかった。ここが黄泉比良坂……？

スサノオは根の国と黄泉比良坂の境界ギリギリまで近づくと、突然足を止めて耳をつんざくような声でこう言った。

「ナムチよ、お前が持っているその太刀と弓矢でお前を憎んでいる兄たちを全てねじ伏せてしまえ！　**これからお前は俺様の娘を正妻とし、〝大国主〟と名乗るのだ！**　いいか、任せたぞ！」

「やったわね、ナムチ！　いえ……大国主！」

「へ……助かったの？　おお……くに……ぬし？」

「大国主」それが俺に与えられた新しい名前。現世から数えて二度目の改名ということか。


「サム、よう頑張ったな。ついにスサノオから正式に認められたやんか！」

「タ、タマちゃん……あまりにも怒濤《どとう》の展開すぎて何がなんだか……ってなんだこれ？　なんか景色がギュルギュル動いてるぞ？」


スサノオから逃げられたこと、タマちゃんと再会できたことで油断して気づくのが遅くなったけど、少し前から周囲の景色がコマ送りのようにものすごい速さで動いていた。周囲の木々がどんどん小さくなり、足元の地形が変わり、遠くに見える海がこちらに近づいてきている。


「あぁ、これな。気にせんといて。ちょっと時間をスキップさせてるだけやから」

「いや、気になるわ！　そんなこともできんの？　これで未来まで早送りになって元の世界に戻れるってこと？」

「残念ながらそこまでワシの力で早送りすることはできへん。サムには今から一つ決めてもらいたいことがあんねん。ナムチ……いや、大国主はなんでスサノオのもとを訪れたか、覚えてる？」

「えっと……なんだっけ？　……そうだ！　ヤカミヒメと結婚したらタケルたち八十神に嫉妬されて、スサノオに助けてもらおうとしたら、スセリヒメと結婚して……って、あれ？　2回結婚してる……？」

「うん。2回結婚してるな」

「ヤバい！　重婚ってやつだ。犯罪じゃん！　なんか勢いでとんでもないことをしてしまった気がする！」

「安心せえ。この時代に重婚なんていう概念はないよ。この時代の結婚っていうのは国を越えた一族同士の結びつきを意味するねん。やから、国のトップがたくさん結婚することは普通やったんやで」

「そんなのアリなの!?　大国主のやつめ、なんかズルいぞ！」

「……一人で盛り上がってるところ悪いけど、話を戻してもええかな？　ナムチは、八十神から逃れてスサノオに助けを求めに行ったんやんな？　そして、スサノオという後ろ盾を得て、最強の武器も手に入れることができた。**あとは八十神たちをどうするかだけや。これをサムに決めてほしいねん**」

「どうするかって……？」

「大国主は2回もタケルたちに殺されてるやろ？　そのうちの1回はサムも体験したはずや。あいつらはこれからも大国主を恨み続けると思う。日本のトップに立つ大国主として、八十神の処遇をサムに決めてもらいたいねん」

「いやいや……急にどうしたんだよタマちゃん。そんなの俺が決めることじゃないだろ？　本来の歴史の流れってやつがあるんじゃないの？」

「今回はそれをサムに決めてほしぃねん。あっ！　もう時間のスキップが終わるわ。あとはよろしく頼んだで！」

「いや……ちょっと、タマちゃん！　いくらなんでも急すぎるって――」


タマちゃんの時間スキップが終わると、俺は海岸沿いの大きな洞窟の前に立っていた。目の前には〝あの男たち〟が立っている。


「急すぎる、だと？　何を言ってるんだナムチ！」

「タ、タケル……！」

「寝ぼけているのか？　スサノオのもとから帰ってきて、大国主などという大層な名前を名乗り出したかと思えば……相変わらずのフヌケのようだな！」

「こ、ここは……？」

「ワシらの寝ぐらにノコノコとやって来たのはお前だろう。ここから生きて帰れると思うなよ？　お前のせいでワシらの計画は全て潰《つい》えたのだからな！」
「ヤバい！　なんで大国主はこんなところに一人で来たんだ？　……ん？　この手に持っているのは……」

タケルは「ワシらの寝ぐら」と言っていた。ということは、ここはタケルたちが暮らすところか……。そして俺の手には、スサノオの屋敷から持ってきた太刀が握られていた。大国主はスセリヒメとの国づくりの前にタケルたちと戦うつもりで移動していたのか……。

「どうした、来ないのか？　名を変え、スサノオの神器を持ってしても、所詮は弱虫ナムチよ！　皆のもの、一気にかかるぞ！」
「ま、待ってくれ！　俺は……俺は戦いに来たんじゃない。話をしに来ただけなんだ！」

「何ぃ〜!?　ここまで来ておいて話し合いだと？」

「そうだよ。……俺たちは兄弟なんじゃないのか？　どうしてこんなに憎しみ合うんだ？　おかしいだろ」

「何を寝ぼけたことを言っておるのだ？　兄弟であろうと関係ない！　邪魔者は殺すまでよ！」

「ダメだ！　話が通じる相手じゃない、どうすればいいんだ……？」

その瞬間、背中に鋭い痛みが走った！　ワタリさんに刺されたときと同じ……あの痛みだ。振り向くと俺の背後には、弓を構えた八十神の一人がいた。

「ヒヒヒ……ザマァみろ！」

俺に矢を当てた八十神の一人が、卑屈な笑みを浮かべている。

「いいぞ、兄弟！　ナムチの背中に矢がきれいに刺さったなぁー！　さぁ、もっともっと矢を放てー！」
「ヤバい、殺される！」

八十神たちが一斉に矢を放つ。

「ヤバいで、サム！　その太刀を円を描くように振るんや！」
「こ、こうか!?」

3回目の死を予感した瞬間、タマちゃんの助言が聞こえた。言われた通りに太刀を振ると、ものすごい轟音《ごうおん》と共に全ての矢はへし折れ、八十神たちは2メートルくらい後方に吹っ飛んでいった。

「な、なんちゅう威力だよ！　この太刀は……」

「な、なんという強さだ！　あいつはスサノオの神器を使ってワシらを殺しに来たんだ！」
「どうする？　あと一振りすれば、八十神は全滅やで」
「それって、八十神を殺すってこと？」

その瞬間、心の底が深く冷たく沈んでいくような気がした。怒りと似たようで違う感情。これは……殺意？

「これは大国主の感情や。あいつもな、八十神のことを信じたかってん。それやのに、あいつらは何回も裏切った。そして、大国主は2回目に殺されたときに決意したんや。八十神たちを皆殺しにするってな」
「あの大国主が……でも、これだけの感情を抱えてたんだな……大国主は」

……苦しいし、悔しい！　今すぐあいつらを叩き切ってやりたい！

でも……この暗い感情の奥底にあるのは……悲しみ？

……ダメだ！　殺すのは、やっぱりダメだ。

「八十神たち！　武器を足もとに置いて、俺が立ち去るまで一歩も動くな。そうすれば、命だけは取らないでおいてやる！　今度俺の前に現れ、白ウサギのハクトのように誰かを傷つけたら、タダじゃおかないからな」

「ぐぐ……皆のもの、撤退だ！　この屈辱……忘れんぞ」

タケルと八十神たちは口々に俺を罵りながらも、次々に武器を足もとへ置いた。

全員が武器を捨て、洞窟へ入っていくのを見届けると、俺は八十神の寝ぐらを出て、暗い外を歩き始めた。

「あれだけ大国主の重い感情を真正面から受けて、よく止められたな」

タマちゃんの声に安堵《あんど》しながら、俺は今自分の身に沸き起こった憎しみの感情を一つひとつ言葉にしていった。

「いや、さすがに殺すのは無理！ 絶対無理だけどさ……実の兄たちを信じてついて行ったら殺されて、信じたくても何度も裏切られて、殺したくなる大国主の気持ちもわかるよ……。でもさ……怒りに包まれた瞬間、スサノオの炎で死ぬかと思ったときのことを思い出したんだ。『ナムチの命を背負って生きる』って決めたときのことを……。それを思い出したらさ、大国主が兄たちを殺すのだけは絶対嫌だなって思ったんだ」

「そうか……」

「タマちゃんさ……本当は大国主が兄たちを殺すのを止めてほしかったんじゃないの？」

「な、何言ってんねん！　ワシがそんな私情を挟むわけないがな、ア、アホか！

……でも、ホンマの『古事記』の流れを言うとな、**大国主はこのとき、八十神たちを皆殺しにしてるねん**」

「え、そうなの？　あの大国主が!?」

「そうやねん。**大国主の魂の課題は〝赦《ゆる》す〟ってことやった**。でも、このときの力を持った大国主は憎しみに身を委ねてしまったんやな。このカルマを乗り越えられへんかったから、結局大国主の国づくりは……」

「そうなんだ……俺が勝手に八十神たちを殺さないなんて決めても良かったの？」

「少なくともこの世界線の大国主は苦しまないやろうし、これで良かったんやと思う。きっとワシは、サムに大国主の選択を変えてほしかったんやろな」

「タマちゃんでもそんな風に思うことがあるんだね……」

「……それはそうとな。これから大国主は、この古代の日本でいよいよ国づくりを始めていく。人々に正しい生き方を伝えていくんや」

「あ、スセリヒメが言ってたやつね。なんとかって神様が断念した国づくりの続きなんだよね？」

「イザナギとイザナミやな。……ええタイミングかもしれんな。今から一緒に、〝この国の始まり〟を見に行こか」

「何？　またなんか始まんの？」

「イザナギとイザナミの時代に行くでー！」

「えぇーー！」

その瞬間、真っ白な光が目の前に広がり、意識が遠のいていった……。

逃げてもいい、忘れてもいい、
人のせいにしてもいい。
それが〝気づくきっかけ〟になるならな。
でも、人のせいに〝し続けたら〟あかん。

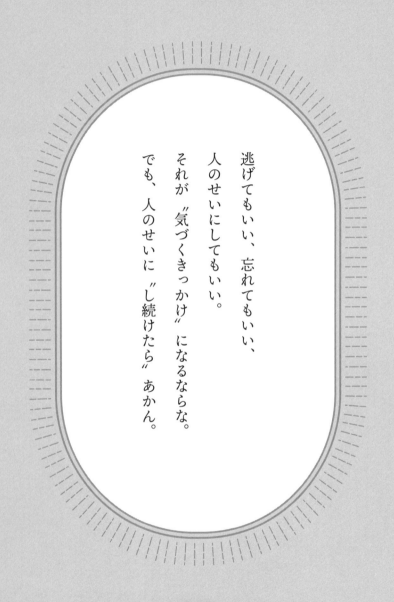

郵便はがき

料金受取人払郵便

新宿北局承認

9134

差出有効期間
2025年3月
31日まで
切手を貼らずに
お出しください。

169-8790

174

東京都新宿区
北新宿2-21-1
新宿フロントタワー29F

サンマーク出版愛読者係行

ご住所	〒　　　都道府県	
フリガナ		☎
お名前		(　　　)
電子メールアドレス		

ご記入されたご住所、お名前、メールアドレスなどは企画の参考、企画用アンケートの依頼、および商品情報の案内の目的にのみ使用するもので、他の目的では使用いたしません。
尚、下記をご希望の方には無料で郵送いたしますので、□欄に✓印を記入し投函して下さい。
□サンマーク出版発行図書目録

1 お買い求めいただいた本の名。

2 本書をお読みになった感想。

3 お買い求めになった書店名。

市・区・郡　　　　町・村　　　　書店

4 本書をお買い求めになった動機は?

・書店で見て　　　・人にすすめられて
・新聞広告を見て(朝日・読売・毎日・日経・その他＝　　　)
・雑誌広告を見て(掲載誌＝　　　)
・その他(　　　)

ご購読ありがとうございます。今後の出版物の参考とさせていただきますので、上記のアンケートにお答えください。**抽選で毎月10名の方に図書カード(1000円分)をお送りします。**なお、ご記入いただいた個人情報以外のデータは編集資料の他、広告に使用させていただく場合がございます。

5 下記、ご記入お願いします。

ご職業	1 会社員(業種　　) 2 自営業(業種　　) 3 公務員(職種　　) 4 学生(中・高・高専・大・専門・院) 5 主婦　　6 その他(　　)		
性別	男・女	年齢	歳

ホームページ　http://www.sunmark.co.jp　　ご協力ありがとうございました。

古事記編③

イザナギの後継者

「……ん？　ここは？　なんかフワフワしてるけど」

「ここはな、超古代の日本や。今の日本の原型が生まれた神話と歴史の境目やな。前も言ったみたいな虚構と現実の中間地点ってところや」

「なんだよそれ……。ていうか、さっきは『イザナギとイザナミの時代に行く』って言ってなかった？」

「ここがそうやで」

　俺は思わず耳を疑った。タマちゃんは「ここがそうやで」と言ったが、その「ここ」が俺にはよくわからなかったからだ。なぜなら俺らがいる空間には地面はおろか、「何も」なかったからだ。

「『ここがそうやで』って……この何もない空間が？　なんか脂みたいなのが漂ってるけど……これが昔の日本ってこと？」

「そうやで。この漂っている大地をあるべき姿に整え、固めることがイザナギとイザナミの最初の仕事やったんや」

「へぇー！　もしかして、あそこにいるのがイザナギとイザナミ……？」

数十メートル先で、二人の男女が大きな棒のような物を持って何かをかき混ぜている。棒の先端からは水と油の中間くらいの粘り気のある液体がポタポタと垂れている。神社で行われる神事のような、厳かな雰囲気に思わず息を呑《の》んだ。

「そうそう、あの棒みたいなものは天の神様からもらった天沼矛《あめのぬぼこ》っていうアイテムやな！　あれはその土地に降り立つ前の儀式みたいなもんや。昔は、住む前にその土地の神様にちゃんと挨拶をしてたっていうことやな」

「なるほどね～！　かき混ぜてる棒の先っちょからポタポタ落ちてるのは何？」

「あの矛の先っちょから落ちた潮が、イザナギとイザナミの足場になっていくねん！　ほれ、どんどん固まっていってるやろ？　あれが『古事記』でいうところの

〝おのころ島〟や」

「おのころ島……聞いたことあるような、ないような……」

「イザナギとイザナミは、おのころ島に降り立ってな、あの場所から日本列島を〝生んで〟いったんやで。これがイザナギとイザナミの国づくりの最初の一歩やったわけや」

「日本列島を生んだ⁉　スケールでかすぎて、ちょっとついていけないわ！」

「日本列島を物理的に生んだと捉えてもいいし、意識的、もしくは霊的に生んだと考えてもええよ。なんせここは〝解釈〟が自由な世界やから」

「うぅーん……難しい。難しいけど、とにかくここから日本列島ができたんだね。イザナギとイザナミは日本列島を生んだあと、どうなったの？」

「そやな……ちょっと時を早送りしよか！」


タマちゃんがそう言った直後、また景色がギュルギュルとコマ送りのように動き出した。

「すごいなこれ！　めちゃくちゃ便利じゃん」

「イザナギとイザナミはな、日本列島を生んだあと、住居に関わる神様や穀物の神様なんかを生んでいったんや。あとは森羅万象《しんらばんしょう》……自然の神様やな。つまり、イザナギとイザナミは自然と共に、この土地に根を張って住み始めたということやな」

「へぇ～、住居かぁ。神様も普通に家とかに住んでたんだね……意外と生活感があるんだな」

「そらまぁ……神様といえども肉体を持って地上に降り立ったわけやからなぁ。住む場所は大切やで。でもな、肉体があったからこそ、ここから大変なことが起こってしまうねん」

「大変なこと？　なんだよ……あれ？　ギュルギュルが終わった……ここはどこだ？」

「ここはイザナギとイザナミが住む屋敷の中やで。あそこで顔を伏せて泣いてるのが、イザナギや。そんで布団の上で寝かされているのが……イザナミの……亡骸《なきがら》やねん」

「えぇ!?　イザナミの亡骸？　どうして……」

「火の神様ヒノカグツチを産んだことで、イザナミは下半身が焼けただれて、死んでしまうねん。怒ったイザナギはヒノカグツチを殺すんやけど、それでも何も変わらへんやんか。そこから、イザナギはイザナミの死を受け止めることができずに、ああやって毎日泣いてるねん」

「そ、そうなんだね。一緒に日本に降り立って、二人で国づくりして……そら、めちゃくちゃ悲しいよね……」


イザナミの亡骸の前で顔を伏せるイザナギを見ていたら、胸を締めつけられるような悲しみが襲ってきた。さっきまで見ていた二人の国づくりは順調そのものだったのに、どうしてこんなに悲しい場面を見なくてはいけないのだろう。

「そう……イザナギはどれだけ時間が経《た》っても、イザナミの死を受け止めることができなかった。だからタブーを犯してしまうねん！」

「タブー……？」

「イザナギは境界である黄泉比良坂《よもつひらさか》を越えて、死者が住む黄泉《よみ》の国に行ってしまうねん。そして、肉体を失い魂の亡者となったイザナミと会ってしまうわけや……」

「黄泉比良坂……スサノオから逃げるときに通ってきた場所か。それにしても、黄泉の国に行くって……そんなことして大丈夫なの？」

「もちろん、死者が蘇《よみがえ》るってのは、この世界のルールを無視したことやから、ホンマやったら神様でも難しい。大国主が2回も生き返ったのは奇跡中の奇跡やったんやで。でもな、イザナギは諦めきれなかったんやな。悲しみのあまり、この世界の理《ことわり》を踏み越えてしまったわけや。そう、イザナギは黄泉の国に行って、イザナミを無理やり蘇らそうとしたんや！」

ギュルギュルギュル！

イザナギがこのあと取る行動をタマちゃんが教えてくれた直後、再び目の前の景色が凄《すさ》まじいスピードで切り替わっていき、気がつけば俺は薄暗い神殿の前に立っていた。

「ここは……?」

「なかなか陰気くさい場所やろ? ここは黄泉の国で、あそこにいるのがイザナギや。どうやら、閉ざされた神殿の扉の向こうに亡者となったイザナミがいるみたいやな」

イザナギは目に涙を溜《た》めていた。彼の表情には焦りが滲《にじ》み、何度もイザナミの名を叫んでは、力強く扉を叩《たた》き続けた。しかし、その扉は一向に開かなかった。

「イザナミ! 愛する我が妻よ!! どうしてこの扉を開けてくれぬのだ。ワシとそなたとの国づくりはまだ終わっていないだろう! どうか帰ってきておくれ……」

「……残念です。もっと早く来てくださっていれば……」

「もっと早くって……それは一体どういう意味だ？」

「私はあなたが来る前に黄泉の国の食べ物を食べてしまいました。だから、もうここから出られないのです。それが黄泉の国のしきたり……でも、愛しいあなたがわざわざ来てくれたのですから、なんとか帰れるように黄泉の神様と相談してみますね。……その間は、絶対に私の姿を覗《のぞ》かないでくださいね」

「う、うむ。わかった、約束する！」

「ありがとうございます。それでは、今しばらくお待ちくださいませ……」


イザナミとの約束のあと、イザナギは落ち着かない様子で扉の前を行ったり来たりしている。


「……タマちゃん、俺の姿ってイザナギには見えてないいんだよね？」

「うん。サムの姿は誰にも見えてないし、声も聞こえてないよ」

「そうか、それなら良かった。それにしてもなんかさ……すごく嫌な予感がするんだけど、イザナギ絶対これ〝見ちゃうやつ〟だよね？　さっきから扉の前でめっちゃウロウロしてるもん、絶対我慢できないって！」

「やっぱりわかる？　じゃあ、今からもう少しあとの世界を見てみよか」

ギュルギュル！　と音がなると、今度は薄暗い荒野のような場所にいた。

よく目を凝らすと、数百メートル先にさっきイザナギが扉を叩いていた神殿が見える。あのあと、本当にイザナギはイザナミの姿を見てしまったのだろうか。

「た、助けてくれーーーーー！」

声の主はイザナギだった。神殿の方からイザナギが全速力で駆けてくる。その姿を見て瞬時に只事《ただごと》ではないと思った。なぜなら、イザナギの後ろをたくさんの亡者の群れが凄まじいスピードで追いかけていたからだ。

あなたの国の人々を1日1000人殺しましょう」

「も、もうダメだ！　やっぱりイザナミはブチギレてる。イザナギはなんて答えるんだ……？　頼む、仲直りしてくれ！」

「**愛しい我が妻イザナミよ。それならば、私は1日に1500の産屋を建てさせてみせるぞ！**　……それではサラバだ！」

そう言うと、イザナギはそのまま去って行った。

「おいおい、それでいいのかイザナギさんよ。イザナミが死んだことを受け止められないくらい好きだったんじゃないのかよ？　どこに行くつもりだよ」

「それにしても……ずいぶん醜く、穢《けが》れた国に行ってきたものだ……体の穢れを洗って清めなければ」

「大好きな奥さんがいた場所を『醜い』とか、『穢れた』とかよく言えんなアイツ！　ダメだ、神様か何か知らねぇけど、ムカムカする！」

「サム！　気持ちはわかるけど、ここからのイザナギをしっかり見ときや」


それは、とても不思議な光景だった。

イザナギが身につけたものをおもむろに脱ぎ捨てると、その一つひとつが輝き、やがて神様のような清らかな姿に変わっていった。


「な、なんだあれは？」

「イザナギはな、こうやって心の中にあったモヤモヤを一つずつ脱ぎ捨ててんねん。煩わしい自分、弱い自分、情けない自分……一つひとつ感じて、そんな自分と向き合おうとしてるねん」

「でもさっき、イザナギがいた場所を『醜い』とか『穢れた』とか言ってたよ！」

「見てみ。イザナミが今から身を清めるために川に入るで」


イザナギは身につけていた全てのものを脱ぎ捨てると、川の中に入っていった。

すると、川が暗く濁り始め、川底から激しい揺れと大きな音が響いた。

「なんだ、この揺れは。もしかして、とんでもない化け物か何かがこの川に……いる？」

「今この川で蠢《うごめ》いてるのがな、イザナギの心の底にへばりついてた弱さとか恐怖そのものや……見てみ！　イザナギの弱さがとんでもない化け物を生み出しよったで！」

川から二体のドス黒い巨大な龍のような姿をした化け物が現れた。二体の化け物は苦しそうに蠢きながら、空の彼方《かなた》へと消えていった。

「あれはな、この世界に災いを引き起こすヤソマガツヒとオオマガツヒや。前に教えた大国主をタケルたちから助けたオオヤビコのもう一つの姿やな。この川には元々、人の罪や穢れを洗い流す古い古い女神様がおってな。その女神様が洗い流せなかった黒い塊がさっきの化け物ってことやけど、その半身には全てを洗い清める女神様の力も宿ってるねん」

「だからオオヤビコはあんなに中性的な感じだったのか。ていうか見て！　今度は川がめちゃくちゃ光ってるよ！　今までに見たことがないくらい清らかだ……何が起こるんだ⁉」

「イザナギをよく見てみ！」

イザナギは川で体を洗い清めながら泣いていた。子どものように鼻水を垂らして、大声で泣き叫んでいた。先ほどまでの毅然《きぜん》とイザナミに宣言する様からは想像もつかなかった姿だ。

「**イザナギの魂の課題はな〝受け入れる〟ってことやったんや。**イザナギは愛するイザナミの死を受け入れられなかったし、醜いイザナミの姿も受け入れられなかった。川の中で自分の心にあった煩わしい自分や弱い自分、情けない自分とひたすらに向き合ってたんや！ そして、イザナミの大きな大きな愛を噛《か》みしめていたんや。だから、あんなに泣いてるねん」

「どういうこと？ イザナミもイザナミで、イザナギを殺そうとしてるようにしか見えなかったけど……」

「追いかけてきたイザナミが最初になんて言ったか、覚えてる？」

思い出すのも辛《つら》いほどの恐ろしい形相のイザナミの姿を思い浮かべる。彼女が口にしていたのは、その姿からはかけ離れた言葉だった。

「えーっと……『愛しい私の夫イザナギよ』みたいな感じだっけ？」

「そう！ イザナギはイザナミの醜さに耐えられずに逃げて、大岩で黄泉比良坂を塞いだのに、そんな夫に対する一言目が『愛しい私の夫イザナギよ』やで？ こんなこと言える？」

イザナミは愛の言葉を発していた！

それでも、俺には違和感が拭いされなかった。だって――

「で、でもそのあとすぐ『今日からあなたの国の人々を1日1000人殺しましょう』って言ってたじゃん。それはどう説明するの？」

「あれはな、**国づくり最後の仕事やってん**」

「国づくり最後の仕事……？」

「**当時、人間にはまだ〝寿命〟の概念がなかった。あの瞬間に人が死に、生まれていく仕組みができたんや。人間は神様のように賢くない。だから、あえて命に限りを与えることで生きることの意味や限りある命の使い方を考えさせることにしたわけや**」

「そうか、寿命がなければやりたいことも目標も持てないよな。俺がバーを作って自由に働きたいって思ったのも、考えてみればやりたくない仕事を我慢して人生の時間を無駄にしたくなかったからだし……」

「そうやな。その真意に気づいたイザナギはやっとイザナミの愛を〝受け入れる〟ことができたわけや。だからこそ、イザナギの次の言葉が……」

「『愛しい我が妻イザナミよ』だったのか！　イザナギはイザナミのとんでもなく深い愛にこのとき気がついたってことなのか」

「そうや。そんでイザナギ自身もイザナミのことを心の底から愛してたことにやっと気づいた。でも、**全ては自分の心の弱さが引き起こしてしまった結果なわけやんな**」

「心の弱さがなければ、イザナギは黄泉の国の扉を開けずに済んだ……」

「だから、自分の罪を清め、全てを洗い流したあとに残ったのは『死も醜さも受け止めきれなかった自分へのどうしようもない怒り』だったわけや。このときに自分の弱さも受け入れて、イザナミへの本当の愛情も噛みしめたっていうことやな。でも全ては遅かった……イザナギはそれさえも受け止めないとあかんかったわけや」

「そうか。だからイザナギはあんなに泣いてるのか。やべ……もらい泣きしそう……」

イザナギは大きな声でひとしきり泣いたあとに泣き腫らした左目を洗った。左目からは神々しい女神様が姿を現した。

そして右目を洗うと、気品ある立派な神様が現れ、鼻水だらけの鼻を洗うと、「うおおおおーー!!」と大きな雄叫《おたけ》びと共に見覚えがある神様が現れた!

「こ、この声と迫力は……スサノオだ! スサノオはこのときに生まれたのか!」

「そうや。**イザナギはこのとき、本当の意味でイザナミの気持ちを受け止め、愛することができたからこそ心の陰陽が統合して最高の神様を生むことができたわけやな!** ちなみに、左目から生まれたのがアマテラスで、右目から生まれたのがツクヨミっていう神様やで」

「さすがの俺でも聞いたことがある神様だ……超有名神様がまさかこんな経緯で生まれてたとは! 『心の陰陽が統合』するっていうのは、タマちゃんが前に言ってた『自分の心の中にある〝見たくない陰の部分〟に気づいて受け入れていく』ってこと？」

「そうやで。**イザナギがずっと見ないようにしていた『心の陰の部分』を受け入れ、成長できたからこそやな。**神様の成長シーンが見れるってめちゃくちゃ貴重やろ？」

「神様でさえも心に不完全な部分があるんだね……」

「そういうことや。**人間であろうが神様みたいな高次元の存在であろうが、必ず自分の魂に成長の余地はある。陰陽太極図の小さい点に自分で気づいて、乗り越えることができたらどんな存在でも人生は大きく変わるっちゅうことや。**サムも心の陰陽統合を目指して頑張るんやで」

「わ、わかった。それにしてもすごい神様が生まれたもんだね」

「そうやな。ここからアマテラスが天の世界〝高天原《たかまがはら》〟を、ツクヨミが夜の世界、スサノオが海原《うなばら》を任されたわけや。でも、母親のイザナミが恋しいと泣き喚《わめ》いたスサノオは一切仕事をしなかった」

「へぇー、あのスサノオにもそんな時代があったんだ……」

俺の経験では〝恐怖の大王〟とでも呼ぶに相応《ふさわ》しいスサノオ。そのスサノオにも、弱いところはあるんだな。ん？　母親……？


「っていうか、スサノオとしては一応イザナミが母親っていう認識なんだね」

「イザナギとイザナミの心が一つになって生まれた神様やからな。海原を追い出されたスサノオは黄泉の国のイザナミに会いに行くことを決意するんやけど、お姉ちゃんのアマテラスと大揉《おおも》めして地上に追放されるねん」

「あれ？　でもスサノオは根の国にいたよね？」

「そうや！　しばらくはスサノオも地上で頑張るんやけど、わりとすぐに母親の住む黄泉の国の近くの根の国に住んでしまうんよね」

「あれ？　じゃあ、イザナギとイザナミが整えるはずだった地上とか国づくりはどうなったの？」

「それやねん！　中途半端な形で宙ぶらりんになってるねん。だから、**スサノオは**

自分の後継者をずっと待ってたわけや！」

「……と、ということは⁉」

俺は〝俺の役割〟をほぼ理解できていた。

スサノオが期待していること、それは――

「**サムこと大国主がな、ここから国づくりを引き継がないとあかんということや！**」

「そ、そういうことかー！　めちゃくちゃ責任重大じゃん、大国主！」

「今からサムにも頑張ってもらわなあかんねん」

「いやいや、そこは本来の大国主に任せようよ！　っていうか、国づくりって具体的に何をしたらいいのさ？」

「それはな、実際に体験してみたらわかるよ！　それじゃあ今からスセリヒメと結婚した十数年後の世界に行ってみよか！」

「タマちゃん、マジでちょっとは休ませてくれよ……」

「大丈夫！　国づくりの道中でも休めるタイミングはあるから、そのときゆっくり休んだらええやん！」

「いや、もう……え？　なんか休むって概念がわからなくなってきた……」

「さぁ、今度は長い旅になるでー！」

「いやーーーー！」

眩《まばゆ》い光が俺を包み、ついに俺の国づくりが始まった。

人間であろうが神様みたいな高次元の存在であろうが、必ず自分の魂に成長の余地はある。陰陽太極図の小さい点に自分で気づいて、乗り越えることができたらどんな存在でも人生は大きく変わるっちゅうことや。

古事記編④

大国主の国づくり「改」

……ん？　ここはどこだ？　めちゃくちゃ寒いぞ……。

「父上！　何ボーッとしてるんですか、そろそろ行きますよ」
「へ？　あなたは？　ていうか今、父上って……」

目の前には奇抜な服に身を包んだ少年が立っていた。さまざまな素材が絶妙なバランスで組み合わされ、オリジナリティあふれる手作りだと思われる服だった。現世でも『古事記』の世界でも見たことがない服を着ているけれども、表情は凛々《りり》しく、どことなく気高いオーラを放っている。それにしても、どこかで見たことがあるような……？

「何すっとぼけたこと言ってるんです。息子のスクナヒコを忘れたとでも言うんですか？」

「大国主の息子？　君が？」

「何を言って……あ、わかった。父上、また何か面白い遊びを思いついたんですね？　すっとぼけ遊びですか？　自分にもやり方を教えてくださいよ」

「いや……その……」


そうか、目の前に「息子」がいるということは、タマちゃんが言っていた通りここはスサノオの屋敷から逃げてから十数年経《た》った世界なんだな。この子は大国主の息子……。


「まだまだすっとぼける気ですね！　まぁいいや。あとで遊び方を教えてくださいね。おぉ、この出湯《いでゆ》の匂いは……もうすぐ伊予《いよ》の国ですね。いやぁ、楽しみだなぁ！　やっと湯に浸《つ》かれる！」

「伊予って、もしかして愛媛県の伊予かな？　おばあちゃんが住んでたところだ。そういや温泉が有名だったし、硫黄《いおう》の匂いってことはスクナヒコが言ってる『出湯』は温泉か。こんな時代から温泉が湧いていたんだな」

「父上、今日はひとりごとが多いですねぇ。それにしても、伊予に住む人はどんな人たちなんでしょうね？　〝国づくりの教え〟をしっかり聞いてくれるといいですけど」

「国づくりの教え……？」

「まだすっとぼけ遊びは続行中ですか～？　いいですよ、乗っかりますよ！　自分たちは今、天から授かった国づくりの教えを世に広めるために国中を回っています」

「あ～、そうだったね！」

「そこで、国の在り方や国と国の結びつき方をお伝えし、そこに住む一人ひとりに生きる術を教えてるんです」

「生きる術か……」

「本当に大切なことばかりですよ。穀物の育て方や魚の捕り方、お薬とかお酒の作り方を教えて、自然への感謝と関わり方を伝えます。何より人と人を繋《つな》ぎ、伝統と技術を受け継ぐお祭りはとっても大切ですね！」

俺が体験してきた大国主は兄弟に殺されたり、重婚していたり、大火事に巻き込まれたりと散々だったけど、タマちゃんに時間を飛ばしてもらっていた間にとんでもなく成長して国づくりを進めていたんだ。自分のことじゃないのに、なんだか俺は大国主が誇らしかった。


「大国主、すごいなぁ。俺には絶対にできないな」

「できない？　……なるほど、わかりましたよ。『今回は自分が一人で国づくりの教えを伝えろ』ってことですね？　ずっと父上のやり方を隣で見てきたのでそろそろやれるはずですよ！」

「あ、すごい勘違いだけどそれはそれで助かるな……スクナヒコ、任せたぞ！」

「はい、任せてください！　父上は横で見ててくださいね。あ、前みたいにウンコは漏らさないでくださいよ」

スクナヒコが凛々しい表情は崩さずに突然変なことを言うもんだから、俺は思わず吹き出してしまった。さっきまでの立派な大国主のイメージからは考えられないほどの失態じゃないか。

「な、何それ……大国主ウンコ漏らしたの!?」

「またまた〜、すっとぼけるのが上手いんだから！　播磨《はりま》の道中があまりにも暇だったから、勝負したんじゃないですか。自分は重たいものを持って、父上はウンコを我慢して……どっちが先に我慢の限界を迎えるかの真剣勝負っスよ！」

「大国主よ……なんちゅうアホなゲームをしてるんだ……。で、勝負は大国主が負けたの？」

「そうっスね！　自分も危なかったんですが、限界寸前で父上が漏らしてましたね」

「マジかよ、めちゃくちゃ馬鹿じゃん！」

「風の噂《うわさ》によると、父上がウンコを漏らした場所は有名になって、今ではたくさんの人が訪れてるみたいですよ」

「ギャッハッハ！　観光スポットになってんじゃん！」

「父上は有名な神様なんで仕方ないですよね！　ちなみにその村は父上のウンコを弾《はじ》いてからハジカ村って呼ばれてます」

「ハジカ村」か。現世に戻れたら母ちゃんに買ってもらった『アホでもわかる古事記入門』で見てみよう。

「ハッハッハ！　ひぃー……ひぃー……お腹《なか》苦しい……こんなに腹抱えて笑ったのはいつぶりだろう……？　なんか……ありがとうな」

「いえいえ、また面白い遊びも考えましょうね！　今日のすっとぼけ遊びも結構楽しかったですよ！　コホッ！　コホコホ……」

「ハハ……。すっとぼけ遊びはこれからも小出しにしていくよ」

「はい、楽しみです！　コホッ……」

「スクナヒコ……咳《せき》、大丈夫か？」

「コホッ！　は、はい！　大丈……夫……です」


ドサッ……。

突然の出来事に、俺は戸惑いを隠せなかった。目の前で咳き込んでいたスクナヒコが倒れたからだ。顔色は悪く、額には脂汗が滲《にじ》んでいた。俺は苦しそうな表情の彼を見つめることしかできなかった。


「……スクナヒコ？　おい、大丈夫か？　うわっ、体が……熱い」

「もうすぐ着くと思ったら……なんだか急に目が回っちゃいました……とっても……寒いです」

「ヤバいヤバい！　……そうだ、何か薬はないのか？」

「前の国の民に全部あげちゃって……伊予の国で新しく作ろうと思ってたから……

空っぽです」

「マジかぁ……よし！　こうなったら俺がここから背負って歩くよ」

「えっ……父上！　それは遠慮します……」

「何言ってるんだよ。そんな熱が出てるのに、こんな寒い中歩けるわけないだろ！

遠慮しないで。大丈夫だからさ」

「わかりました……それでは、お言葉に甘えさせていただきます」

「ヨイショ！　うおぉ、意外と重いんだね!?　自分が下の中の神様だって忘れてたよ……。とりあえず真っ直《ます》ぐ歩けばいいんだよね？」

「はい。それにしても、父上に背負われるなんて、なんだか照れますね」

「ずっと歩いて旅してきたんだろ？　たまにはゆっくり休みなよ」

「父上……今日はなんだかいつもと違いますね」

「ま、まぁ……そうでしょうね」

「いつも優しいけど……今日は……とっても……グゥ……グゥ」

「あ、寝た！　……それにしても現代だったら、まだまだ子どもっていわれる年齢で大したもんだよ」

スクナヒコが倒れてから数時間。ひたすら彼を背負って歩き続けた俺は、ついに伊予の国に着いた。俺たちは伊予の住人たちに案内されて、国一番の温泉に浸からせてもらうことになった。

「いやぁ、極楽ですなぁ……父上。ここまで自分を背負ってくれて、ありがとうございました」

「気にしなくていいよ！　それにしても……ここからどうするんだ？」

「そうだ！　ここからは、自分一人で国づくりの教えを伝えるわけですもんね！まずは……父上が持ってる袋の中にある〝タネ〟をみんなに配って回りましょう」

　スクナヒコが言っている袋とは、白ウサギのハクトを助けるためにガマの花粉を取り出した袋のことだった。あれ以来目まぐるしく出会いや別れを繰り返していたせいで、なかなか袋の中身まで考える余裕がなかったのだが……。

「おぉ、腰にぶら下げてたあの袋にはタネが入ってたのか！　でも……そのタネはどうして配るんだ？」

「今回は自分の番だからって謎かけですか？　父上はいつも国中にさまざまなタネを配りつつ、一つひとつ丁寧に育て方を教えて回ってるじゃないですか。そして、五穀豊穣《ごこくほうじょう》を祈るお祭りをして龍神様を呼んで雨を降らせてもらうんです！　楽しみですね〜」

「龍神⁉　龍って雨を降らすのか！」

「龍神様が雨を降らすなんて常識じゃないですか！　自分は目に見えないですが、いつもその存在は感じてます」

「へぇ、この国にも昔から龍とかそういう考えがあるんだ〜！　てっきり中国から入ってきたと思ってた！」

「ちゅうごく……？　それより父上、おかげさまですごく元気になってきました。体がポカポカです！」

「それは良かった！　確かに、さっきまであんなにグッタリしてたのにピンピンしてるね！」

「はい！　なんだか嬉《うれ》しすぎて踊りたくなってきました。あそこにちょうどいい大きさの岩がありますね！　ちょっと行ってきます」

「お、おいスクナヒコ！　全裸でどこに行くんだよ、まだ病み上がりだぞー」

「やあ！　それ！　元気が出たぞー！　伊予の温泉は最高じゃ！」

「ギャハハ！　なんだよその踊り！　本当に面白いやつだな、スクナヒコは」

「よっ！　あっそれ！　明日からも国づくり頑張りますぞー！」

「いよぉ！　頑張れ、大国主は応援してるぞー！」

こうして俺とスクナヒコは日本各地を巡り、国づくりをしていった。時には笑い、時には喧嘩《けんか》をしながらも、とても楽しい日々だった。

「あれから半年くらいは経ったのかな？　昔の日本がこんな風にできていったなんて、まるで知らなかったな。タマちゃんもあれから一向に出てこないけど、元気にしてるのかなぁ……」

昔の日本は俺が思っていたよりずっと大切に築き上げられてきたことが、この旅を通してよくわかった。国と国の結びつきだけじゃなく人と人、精神、食、自然とのバランスがこれだけ考えられていたなんて思いもしなかった。

人々は当たり前のように自然に感謝し、自然を畏れ、自然の一部として生きている。必要以上のものは取らず、食べず、所有しない。

人々は日々のコミュニケーションを楽しみ、食べ物や物資のやり取りを純粋なギブの精神で循環させている。

病気や出産などで命を落とすことも多いが、死も一つのサイクルとして受け入れられている。

どうやら、こういった考えは人々の間できちんと受け継がれていくものらしい。大切なことはおとぎ話や日常の作法、お祭りの行事として自然と組み込まれているのもすごい。スマホがなくても心が常に豊かな気がする。

それにしてもどうして、何一つとして現代人が知らないことばかりなんだろう？

これだけ世界が豊かなことを知っていれば、日常の些細《ささい》な比較で一喜一憂しなくても幸せに生きられるはずなのに……。日本人はいつ〝この感覚〟を失ってしまったんだろう。

　そんな疑問と向き合いながら、俺はスクナヒコとの国づくりの日々を過ごしていた。


「なんか毎日が夢中で、現代に帰ることとか忘れてたな」

「父上、また一人でブツブツニヤニヤと……何を考えているのですか？」

「いや〜なんていうかその……素敵な国だなって」

「そうなったのも父上の頑張りが大きいんじゃないですか？　どれだけ伝えても人々はすぐに忘れていくみたいですから、子孫たちにも頑張ってもらわないといけないですね！」

「そうだね！　でも、昔の人がこんなにも、ただ生きてることに感謝して、自然を尊敬してたなんて思いもしなかったよ」

「昔の人？　父上は相変わらず変なことを言いますね！　**人間も自然の一部ですからね。目に見えないだけで全部が繋がってます。**最近やって来る渡来人の中には

『人間だけが特別！』って考えてる人もいるみたいですけどね。だから自然を平気で傷つけるし、なんでも自分のものにしたがります。本当は全て自然のもので、何一つ所有なんてできるはずないんですけどね……」

「渡来人か……確かに旅の途中でちょこちょこ見たなぁ。こんな昔に外国人がいるってのも不思議だけど。そんな風に考えてる人もいるんだ」

スクナヒコから聞いた「人間だけが特別」という考え方。現代では案外ほとんどの人がそう思ってるんじゃないかとすら思えた。

「国づくりの教えでは、**人は目先の欲に惑わされてはいけない。そういうときはタネを見なさい**と言いますもんね。どれだけお腹が減って目の前のタネがおいしそうに見えても、そのタネを食べてしまったら、ほんの少し満たされた気持ちになるだけで誰も幸せにならない。だから、そういうときはそのタネが実ってみんなで分け合える日を考えるんだって。人生は種蒔《たねま》きと同じだから、それを伝え続けなさい。

今を感じて未来を信じて、毎日丁寧に生き続けることが大切だって」

「な、なるほど！　めちゃくちゃいい考えだね。初めて聞いたけど……あ、あのさ！　俺は他にどんなことを教えたっけ？」

「あっ、出ましたね、その感じ。父上もお好きですねぇ！　父上は人と人との関わり方についてよく教えてくれましたよ。**人とたくさん話して、たくさんの話を聞いて、自分の〝目を増やせ〟って**」

「目を増やす？」

聞き慣れない言葉だったけど、大切な考え方がこの言葉には詰まっている、直感でそう思った。

「目とは視点とも言い換えられます。目が一つしかない人は、人のいいところを一つしか見つけられない。例えば、頭がいいとか、家を建てるのが上手とか。頭がいいという目しか持っていない人は、自分の思う頭のいい人しか褒めないし、認めない。目が少ないと、その目に入る人しか褒めないし、認めないし、それ以外の人との交流を避けるようになります。それは心が貧しい証拠だから、目をたくさん増やせって教えてくれました。目が増えれば増えるほど、人のいいところがいっぱい見つかるから人生が豊かになるって」

「へぇー！　目を増やすか……なるほど。そういえばお客さんでも酔っ払って『学歴のない人間はクソ』とか『年収ウン百万円以下のやつは生きてる意味ない』って言う人いたなぁ。あれは目が少ないってことなのかぁ。毎回その条件に当てはまってない俺の方がその人よりよっぽど気楽に生きてるような気はしてたけど」

「**あとはなんでも自分でしようとするな。堂々と人を頼りなさいって言ってました。**国づくりはとても大切なことだけど、すごい人である必要はない。それより、一緒に学んで一緒に成長することが大事だと」

「大国主、なんていいこと言うんだ……」

「そして、**強みを増やすのではなく、感謝される人を増やしなさい**っていうのもよく言ってましたね」

「感謝される人を増やしなさい……か。そうか、大国主はいろんな言葉ですごい人になる必要なんてないって教えてくれてたんだ。なんで俺はずっと誰かと比べてばっかりだったんだろう……」

それにしても感謝なんてほとんど考えたことなかったな。

過干渉気味な母ちゃんの存在も当たり前だと思ってたし、口うるさい兄貴のことだって……。あんなことになっちゃったけど、ワタリさんもうちの店によく来てくれたし。いい歳してなんの結果も出してないし、何もかも面倒くさいって思ってたけど……実は俺って恵まれてたんじゃないか？

ていうか、そもそも誰かの上に立とうとしなくても、周りの人たちや自然に感謝して、一緒に生きられたらそれで幸せなんじゃないのか？　どうして、こんな当たり前のことに気づかなかったんだろう……。

そういえば、タマちゃんが言ってた「俺の人生の課題」ってなんだったんだろ？

俺は一体……何から逃げ続けてきたんだ？

「父上、危ない！」

スクナヒコの大声が聞こえると同時に、俺は地面に倒れ込んでいた。俺の上には俺をかばう体勢でスクナヒコが乗っている。倒れた俺の足もとでは、矢が地面に突き刺さっていた。

「な、なんだ⁉」
「無事ですか父上……何者だッ！」
「クックック……ようやく見つけたぞ、ナムチぃ！」
「そ、その声は……タケル！」

目の前に現れたタケルは、かつての彼とは別人のように見えた。衣服は解《ほつ》れや破れだらけで、全身にいくつもの傷を負っている。タケルの荒廃した姿に、俺は思わず驚きを隠せなかった。

「あれからというもの……ワシらはいろいろな国から追われることになった。兄弟は散り散りになり、ワシ一人、何年も放浪を続けた。それもこれも全てナムチ！お前のせいだ！」

「何言ってんだよ！　なんで俺のせいになるんだ。お前らが俺を殺すためにめちゃくちゃしてきたからだろ」

「うるさいうるさい！　ワシは悪くない！　お前さえ……お前さえいなければ！」

ダメだ……コイツは何年も何年も自分に一切矢印を向けず、全てを大国主のせいにして生き続けてきたんだ。これがタマちゃんが言ってた「魔王モード」ってやつか……。

「ワシは今日までお前とお前の大切な存在の命を奪うためだけに生きてきたのだ！　この日をどれだけ待ち侘《わ》びたことか……死ねぃ！」

タケルの目は血走り、全身の毛が逆立っていた。一瞬、タケルといえども手負いなら勝てるかとも思ったが、その考えが甘いことがすぐにわかった。満身創痍《まんしんそうい》なはずなのに、殺意のこもった矢を放ってくる手が緩むことがなかったからだ。スクナヒコも矢を放ち応戦する。


「あいつは危険です。神器は国に置いてきてますし、ここはひとまず逃げましょう！」

「あ、あぁ！　でもあいつめっちゃ足が速かったような？」

「大丈夫です！　たった今、自分の放った矢があの男の足に命中したから追いつけないはず。行きましょう！」

「ぐぬぬ！　よくもワシの足を……待てぇい！」

俺たちは歩けなくなったタケルを置いて全速力で走った。タケルは十分に動けなかったが、今まで散々騙《だま》されたこともあって、もしかしたら近くに八十神《やそがみ》たちが隠れているかもしれないと考え、力の限り走り続けた。

もう30分は走っただろうか。時計もないこの時代では感覚に頼らざるを得ないが、さすがに追いつかれないと思ったとき、俺の足はぴたりと止まり、その場に倒れ込んだ。

「ハァハァ……ここまで来たら……タケルも追いつけないだろう。それにしても……なんて執念深いやつなんだ！」

「あいつが父上が昔話してくれた兄君ですね。今更、父上を殺したところで何一つ望みは叶わないだろうに」

「そ、そうだね」


今ならわかる……。俺はタケルと同じだったんだ。仕事が上手くいかなかったこと、兄貴に認められなかったこと、彼女にフラれたこと、全部人のせいにしてきた。

正しく評価してくれない。

頑張りを認めてくれない。

ちゃんと自分のことを見てくれない。

自分で自分を否定して傷つきたくなかったから、人のせいにして他人も自分も傷つけ続けてた。あのボロボロになったタケルは、現世での俺の心そのものだ！

「父上……何をそんなに悲しそうな顔をしてるんですか……。無事に逃げきれたんですから、いつもみたいに笑って……くださいよ……」

スクナヒコは俺を励ます言葉をかけてくれたが、その言葉に反して声には力がなかった。その原因は走って逃げた疲労からではなく、スクナヒコの腹にあった。

「スクナヒコ、お前その腹……矢が……！」

体中の体温がサーッと下がっていくのを感じる。

「どうやら……矢に毒が塗ってあったみたいです……いつもみたいに薬も全部あげちゃってますから……これはもう……どうにもならないですね……」

「お、おいなんだよ……」

「父上との国づくりの旅……本当に楽しかったです。父上ならもっと、この世界を良くしてくれると確信しました。たとえ住む場所が離れていても、全ての人間が家族のような……そんな世界をつくってくれると……信じています」

「おいスクナヒコ！　死ぬ前の言葉みたいなこと言うなよ……大丈夫だ！　温泉の

ときみたいにすぐ元気になるよ！」

あのとき……俺がタケルを殺さなかったからこんなことになったんだ。あんなやつ、あのとき殺しておけばよかったんだ。なんで……なんで！　俺はあのとき……。

「父上……自分を責めないでください。自分が死んでも……兄君を憎まないであげてください。誰も信じることができなくなった……そんな悲しい目をしていました。ああいう人を救うことがきっと、これからの世界にとって……大切なんです」

「何言ってるんだよ。どんな理由があったって、何年も人を逆恨みし続けた挙げ句、自分の大切な人を手にかけたやつのことを許せるわけないだろ！　そんなことできるはずない」

「何を言ってるんですか……誰にもできないって思うことをやってみせるのが父上でしょ……。この世の当たり前なんて関係ない……父上はどんなときも……タネを見てくださいね……。生まれ変わったら……また、国づくりの続きを一緒に……しましょう……」

「スクナヒコ！　嘘《うそ》だろ!?　うわぁーーー！」

目を閉じたきり動かなくなったスクナヒコを前に、俺はしばらく立ち上がることもできなかった。

どれくらいの時間泣いていただろうか。気づけば俺の背後からあの男の足音が迫っていた。

「おぉー、こんなところにいたか！　大きな声で泣き叫んでおったからすぐにわかったぞ。お前の大切なせがれは死んだようだな」

「ヒック……ヒック……！　こんな……こんなことって……」

「どうやらまともに話せる状態ではないらしいな。どれ、今すぐ首をかき切って終わりにしてやる」

「……なんで……こんなことをするんだ？」

「なんでだと？　お前のせいで人生が狂ったからだ！　お前さえいなければ……ワシは王になっていたのに！」

「そうか。その気持ちはずっと……変わっていないんだな……」


心の中では、タケルへの恐ろしいほどの憎悪が燃え上がっている。今すぐにでもタケルに斬りかかりたい！　それだけでは満足できそうにもない。あのときタケルを逃がした自分も、殺してしまいたい！

でも……。

スクナヒコは「兄君を憎まないで」と言った。

そしてきっと……俺自身のことも。

「どうした？　来ないのなら……こちらからいくぞ？」

「ごめんな……」

「ふん、命乞いか？　やはりお前は名を変えても弱虫ナムチのようだな」

「俺はタケルを殺さない……大国主、死んだらごめん……あの世で叱ってくれ」

「なにぃ？　ワシを殺さないだと……正気か!?」


俺はゆっくりと立ち上がり、背後にいたタケルと向き合った。剣を投げ捨てると、タケルの顔を見つめた。タケルは困惑した表情を浮かべ、俺を見つめていた。


「何を考えている。油断させてワシを殺す気か？」

「もはや自分でもよくわかんねぇよ！　でも、俺がアンタを殺したらきっと何も変わらない。最後にアンタの話を聞かせてくれよ」

「信じられない」、声に出さなくてもタケルがそう思っていることが表情からわかった。

「……頭がおかしくなったのか？　ワシの話だと？」

「そうだよ！　アンタのこと何も知らなかったんだよ。知ろうとも思わなかった！　だから、ごめんって謝ったんだよ……。死ぬほど憎いけど、心の底では兄弟だって思ってるんだよ！」

「こんなワシのことを……兄だと？」

「記憶はないけど、この体のこの心にはちゃんと、アンタへの気持ちが残ってんだよ！　この感情を全部捻《ね》じ曲《ま》げて憎しみに変えたら……それはもう……俺じゃない。だから俺はアンタを殺さない！」

俺がそう言った瞬間、タケルの強張った顔が子どものように緩んで見えた。

「俺はお前の大切なせがれを殺したんだぞ？　俺が憎くないのか？」

「憎いよ！　でも……なんでかわかんねぇけど、ナムチの心の中にはあんたへの尊敬の気持ちが残ってんだよ！　そんなやつを殺せるわけねぇだろ‼」

「な、なんだ……ハハ！　なぜ、ワシは涙を……」

「タケル、あんたの本当の言葉を……聞かせてくれ」

「ワシは……ずっとお前のことが羨ましかった。弱いくせに誰よりも優しくて……みんなから愛されるお前が。そんなお前が憎くて憎くて仕方がなかったのだ。それなのにお前は……どんなときでもワシを信じてくれた。ワシを知ろうとしてくれた。そんなお前が……ワシは心底疎ましかった！　この世から消し去りたかったのだ‼　だが今気づいた……本当に消し去りたかったのは……このワシ自身の心だと……」

「タケル……」

「ワシは国の頂点に立って、お前に尊敬されたかっただけなのかもしれないな……」

タケルは大粒の涙を流しながらその場にくずれ落ち、小さな声で「すまなかった」と呟《つぶや》いた。その姿を見た瞬間、頭に電気のようなものが走った気がした。

わかったぞ。

タケルの魂は、俺を刺したワタリさんの魂と同じだ……。俺とワタリさん、大国主とタケル……この関係は生まれる前からずっと続いてたんだ。

そして、俺の人生の課題は「逃げないこと」じゃなかった……。「向き合うこと」だったんだ！

俺の心の中で、錆《さ》びついた歯車が動き出したような音がする。

俺はずっと、自分とも他人とも向き合うことが怖かったんだ。受け入れることを恐れていたんだ。全てに気づいたその瞬間、いきなり時間が止まったように感じた。

そして、頭の中には〝あの声〟が響いていた。

「サム、よく気づけたやん。頑張ったな」

タマちゃんの言葉に触れ、俺の心は緊張の糸が解《ほど》け、涙が溢《あふ》れ出てきた。

「でも……スクナヒコが！」

「すまん……サムが八十神の洞窟でタケルたちを殺さないという選択をした時点で、世界線が分岐してしまったんや。だから、この世界線ではスクナヒコは大国主の息子として生まれてきてしまった。そして結局、大国主が味わうはずやった苦悩をサムが引き受けることになってしまったんや」

「今はちょっと……本当にダメだ……ヒック……」

「気づいたんやな。**人生は今だけのものじゃない。全部、繋がってるってことに**」

「うん……俺は大国主で、タケルはワタリさんだった！　いろんな人生で、ずっと同じことを繰り返してきたんだ！」

「これでタケルの命は救われたし、大国主の命も助かったな」

「本当に……良かった。これで殺されてたら大国主に申し訳なさすぎるもんな」

「魂が進化のベクトルに進み出した人間なら大丈夫や。いろいろな方面からサポートされるからな。簡単にいうと運がすごくいい状態や。自分の『課題』を理解して、文字通り向き合ったのはめちゃくちゃ大きいで！」

「無我夢中だったけど、これで良かったのか……」

「そうやな。タケルもナムチに対する〝憎悪〟の正体に気づけたみたいやし」

「……憎悪の正体？」

「心ってのはな、複雑やねん。例えば一枚の絵の中にもたくさんの色があるやろ？　それこそ無数の色で構成されてるわけやんか。一部分だけ切り取ってその絵は何色かって説明できるもんじゃないんよね。心も一緒や。一つの感情だけでは説明できない。でも、タケルは自分の心を〝憎悪〟という一色で塗りつぶしてしまった」

「……タケルの心にも元々は憎悪以外の感情があったんだね」

「感情ってのはホンマに複雑やねん。例えば、〝怒り〟の裏側には〝悲しい〟っていう感情が隠されてたりするし、〝嫉み〟の裏側には〝尊敬〟っていう感情が隠されてたりする。でも、本人はその裏側の感情になかなか気づかれへんねん。むしろ、ほとんどの人間が感情を一色やと思い込んで固定化してしまうんやな」

「兄貴に対する気持ちも同じかもしれないな。兄貴は俺のことわかってない！　って腹立ってたけど、それは兄貴に認められたいって感情の裏返しだったのか」

「そういうこと！　人を憎んだり、執着したりする行為にはそれ相応の理由があるということや。タケルはナムチを憎んでいた。だけど、心の奥底には〝ナムチへの愛情〟も存在してたんや。本人も見ないことにしてたみたいやけどな。サムがタケルの心に向き合ったからこそ、タケルも自分の心を素直に見られたんやろな」

「……ヒック！　ごめん！　めちゃくちゃいいこと言ってくれてると思うんだけど、今は頭ん中グチャグチャで何も考えられないよ……」

「ごめんごめん！　このタイミングで言いすぎたな！　そろそろ現代に戻ろか。サム自身の人生もしっかりケジメをつけていかなあかんしな」

「や、やっと帰れるのか……嬉しいような寂しいような……」

眩《まばゆ》い白い光に包まれながら、俺は現代で会いたい人のことをずっと考えていた。

人とたくさん話して、たくさんの話を聞いて、
自分の〝目を増やせ〟。

現代編③
新たな謎

見慣れた部屋のベッドで目を覚ました。俺の一人暮らしの部屋だ。

「現代に戻ると何もかもが夢だったように思えてくるな……いてて！　まだ刺されたところは完治してないのね」

ワタリさんに刺されてから体感的に何か月も経《た》ってるから、傷がまだ癒えてないのが不思議に感じる。退院した記憶はなく、いきなり部屋で目覚めたけど、頭はやけに冷静だ。枕元に置かれたスマホを見て、あの事件の日から2か月が経過していることを知る。

「母ちゃん、やっぱり部屋に入ったんだな……」

部屋には母ちゃんの趣味丸出しのファンシーな小物がズラリと並んでおり、全てが整理整頓されていた。

「それにしても、いつからバーに復帰しようかなぁ……」

おもむろにテレビをつける。ワイドショーをぼんやり眺めていると、指名手配犯となったワタリさんが街の監視カメラで撮られた姿が映し出されていた。どうやら、まだ見つかっていないらしい。

「ワタリさん……」

頭の中でワタリさんとタケルが重なる。怒りや悲しみ、寂しさといったあらゆる感情が一通り胸にこみ上げたあと、俺は覚悟を決めた。

「行くか……」

ワタリさんのいる場所の見当はなんとなくついていた。ワタリさんは酔っ払うとなんでもペラペラと話してくれたからだ。俺にだけは……。

家を出て1時間ほど電車に揺られ、小さな駅で降りて30分ほど歩くと、廃墟同然の崩れかけの古民家に着いた。古民家の裏に回り込むと、静かな庭に足を踏み入れた。

「ワタリさん、やっぱりここにいたんですね」

「うおっ！　サムか……？　なんでここが!?」

ワタリさんは、古民家の庭で一人で焚《た》き火をしていた。

「ワタリさん、酔っ払ったときいつも言ってましたよ。知り合いに譲ってもらった古民家を少しずつリノベしていつか住むんだ、って。そのときはサムも遊びに来いって、住所まで送りつけてきたじゃないですか」

ワタリさんは今まで見たことがないくらい動揺していた。そりゃそうか、自分が刺した当事者がいきなり目の前に現れたら、驚かない方が無理だよな。動揺を隠すためか、ワタリさんは大きな声で話しかけてきた。


「お、おいコラ！　何しに来たんだ……け、警察を呼んだのか？」

「警察なんて呼んでないっすよ。一言謝りに来たんすよ」

「は？　お前が？　なんで？」

「あのとき、俺は逃げたんすよ。ワタリさんが仕事とか恋愛でめちゃくちゃ悩んでることも知ってたのに……だから、それを謝りたくて」

「何言ってんだ？　俺はお前を刺したんだぞ？　酔っ払ってたからって許されることじゃないだろ……」

「どんな理由があっても刃物を持って暴れるのはダメなことだと思うけど……それは日本の法律が決めることじゃないっすか！　大切なのは、〝俺の気持ち〟だ。俺の気持ちはただワタリさんに会いたかった。そんで、あの日荒れてるワタリさんから逃げたことを謝りたかったんすよ」

「謝るって……悪いのはどう考えても俺だろ……？」

堪《こら》えきれなかったのか、ワタリさんは突然嗚咽《おえつ》を漏らし、泣き始めた。俺は、ワタリさんにようやく正直な気持ちを話せたことに安堵《あんど》しながら、そっと彼の次の言葉を待った。少しの沈黙のあと、ワタリさんが語り出した。

「……お、俺が仕事でも恋愛でも不器用だから……関係ないお前に迷惑かけちまって……それなのにお前が謝るなんて、おかしいじゃねぇか……」

「世の中の常識に当てはめたら、おかしいことしてるのは自分でもわかってます。自分を刺した人間に謝ってるんですからね。意味わかんないっすよね！　ただ、俺はワタリさんのことを恨んでないっす。それだけは伝えたくて」

「おい……コラ……馬鹿野郎！　な、なんでお前は……うわーーーーーーん！　すまなかったーーーー！」

俺が自分の気持ちを打ち明けると、ワタリさんは我慢していた感情を爆発させ、子どものように泣き叫んで俺に抱きついてきた。俺は、ワタリさんの心の痛みを理解し、受け止めた。

「ワタリさん、俺お酒持ってきたんですよ。また酔っ払うと荒れちゃうからさ……ほら、2本だけ。一緒に飲みましょうよ」

「お前ってやつは……俺、これを飲んだら……警察に出頭するよ……ちゃんと、この罪を償うよ……」

「わかりました。ちゃんと罪を償ったら、また一緒に飲みましょう」

「ありがとうな、サム。じゃあ……カンパイ」


こんなにも穏やかな気持ちでワタリさんとお酒を飲んだのは初めてだった。目の前にいるワタリさんは、もう俺が面倒だと避けていた人と同じ人には思えなかった。


「ワタリさん、一つ気になっていたことがあるんですけど、なんであの日ナイフを持ってたんですか？　兄貴に恨みを持っていたわけではないから、計画的な行動には思えないし、普段ナイフなんか持ってるそぶりもなかったから不思議で……」

「……実はな……信じてもらえないかもしれないけど……あのナイフはサムを刺しちまったあの日にもらった物なんだ」

「ナイフをもらった？」

「そうなんだ。サムの店に行く前、俺はすでに何軒かの店をハシゴしていてベロベロだった……仕事のことや恋人と上手くいってないことが原因で飲みすぎてたんだろうな……とにかくムシャクシャしてたんだ」

ワタリさんの話には違和感があった。俺の記憶では、ワタリさんが仕事や恋人の愚痴を言っていたのは、あの事件の前日だ。

むしろ、あの事件の日、ワタリさんは店に来た時点では上機嫌だったはず……。

「でも、うちの店に来たときはご機嫌でしたよね？」

「あぁ……そろそろサムの店にでも行こうかなって思って歩いているときだった。道端で占い師みたいな格好した爺《じい》さんがいて、『あなた、何かよっぽど上手くいかないことが続いているんですね……』とか言って話しかけてきたんだ」

「えぇ!?　なんですかその爺さん、めちゃくちゃ怪しいじゃないっすか！」

「普段ならそんな人の話は聞かないけどさ、あのときはベロベロだったし、何よりその人の不思議な雰囲気に引き込まれちゃってさ……つい、悩み相談をしちゃったんだよ。30分くらい話したかな？　だいぶスッキリしたんだけど、その爺さんが別れ際に『これを持っていけ』ってあのナイフを渡してきたんだよ。『これは大昔に神として祀《まつ》られていたフツノミタマという剣の一部で作られてて、心の邪気が祓《はら》われるから』って。ナイフなんて物騒だし、普段ならさすがに断ってるけど、なんでか受け取っちゃったんだよな」

「そ、そんなことが……」

「爺さんに会ったあとはしばらく気分が良かったんだけどさ……サムの店に行ってお前の兄貴と飲んでたら、フツフツと暗い感情が沸き上がってきたんだ。それで、気がつけばあんなことになってた。……言い訳をするつもりはなかったから、話す気はなかったけど……あのときの俺は、自分が自分じゃないみたいな不思議な感覚だった」

「なんてこった！　その爺さんは一体何者なんだ⁉」

「それがわからないんだ。あの辺では毎日のように飲んでたけど、あんな爺さん見たことないし……」

「そうですよね……あっ、なんか変なこと思い出させちゃってすみません！　飲みましょう！」

「変なこと思い出させちゃってって、刺されたお前が言うセリフじゃないだろ。完全に俺のセリフだ！　まあ、サムがそう言ってくれて嬉《うれ》しいよ。そうだな……飲むか」


俺とワタリさんは雑草だらけの古民家の庭で、お酒を酌み交わした。この日は今までワタリさんと飲んできた中で一番楽しい時間を過ごせた。お互いのお酒がなくなって俺たちは古民家をあとにした。ワタリさんは警察に行くと言って俺が来た駅とは反対方向に一人歩いていった。

　ワタリさんと別れたあと、俺は古民家と駅の間にある河原のベンチに腰掛けた。川には夕日が差し込み、ただただもの思いにふけっていた。

　周囲が暗くなり、肌寒さが増してきた頃、タマちゃんの声が聞こえてきた。どうして現世でも聞こえるのかはわからない。だけど、俺にとって今はその理屈はどうでもよかった。

「サム、なんでワタリを許したんや？」

「スクナヒコが殺されたとき、俺はタケルが憎くて憎くて仕方がなかった。生まれて初めて本気で人を殺そうと思ったよ。でも、スクナヒコの最後の言葉が耳から離れなくてさ……」

「そうか……」

「タケルへの憎しみに身を任せそうになって、許せるわけがないって言う俺にスクナヒコはこう言ったんだ。この世の当たり前なんて関係ない。誰にもできないって思うことをやってみせるのが俺だって……」

「スクナヒコがサムに託した思いやな……」

「その一言で怒りが一瞬消えて、未来のことがよぎったんだ。俺はどんな未来を生きたいんだろうって。この場でタケルを殺して、それで全部解決なのか、それでいいのかって」

「うん」

「その瞬間、タケルとワタリさんが重なって見えたんだよ。前世とか信じてなかったけど、俺とタケルの魂はずっとずっと同じような関係を繰り返してたんだなって思ったんだ。確かにタケルの魂もしつこくて理不尽で面倒くさいんだけど、俺はそこからずーっと逃げ続けてきたんだなって。だから、今回は逃げないって決めたんだ」

「そうか……なんで逃げないって決めたんや？　面倒くさい相手なんやろ？」

今までは相手が誰であれ、こんなことを考えること自体が面倒くさかった。

でも、今は違う。

「なんでだろうな……きっと、心のどこかで憎みきれない自分がいるんだろうな。どれだけひどいことされても、やり返せばやり返すほど自分の気持ちも傷ついていくような感覚に気づいたんだ。『じゃあ、自分はどうしたいんだろう？』『相手に復《ふく》讐《しゅう》したら気が済むのかな？』って思ったら、それは違うなって」

「自分の気持ちにフォーカスしたんやな」

「そう、そんな感じ！　相手がどうとか以前に自分はどうしたいんだろう？　って。そのことだけ考えたら『ただ謝りたい』って思ったんだよね」

「すごいなぁサム！　散々言ってきた〝人のせいにするな〟って話をサムは自力で乗り越えたんやな」

「あっ……ここでその話に繋《つな》がるんだ！　でも人のせいにもしてないけど、自分のせいにしたわけでもなくない？」

「そう、そこや！　前までのサムに説明しても意味わからんかったやろうけど、今なら伝わりそうやから言うな」

今の俺になら伝わること……。

俺は直感的にタマちゃんと過ごした長い時間の〝答え〟を手に入れられるのだと覚悟した。


「あらゆる出来事はな、どっちかだけがいいとか悪いっていう〝二元論〟では決められへんねん。それは人間が勝手に考えたルールや。**ホンマはな、物事は〝球体〟のように捉えなあかんねん。いいも悪いも全部ある。**もっと言うと、成功も失敗も全部同時に存在してるねん」

「成功も失敗も？　どういうこと？」

「例えばな、サムがバーで『100人呼んでイベントをしたい』と思ったとするやん？　そのとき、100人集まったイベントと50人しか集まらへんかったイベント、どっちが成功でどっちが失敗やと思う？」

「それは100人集まった方が成功なんじゃないの？」

「そう思うよね。じゃあ、100人集まったけど、受付とかドリンクとかがグダグダでお客さんからクレームが入りまくったイベントと、50人しか集まらへんかったけどお客さんの満足度がめちゃくちゃ高かったイベント。これやったらどう？　ちなみにどっちも赤字じゃないよ」

「……そう聞くと、50人しか集まってない方が成功のように思えてくるね」

「そうやろ？　ちなみにこの話で大事なのは、どっちが成功か失敗かってことじゃなくて〝何にフォーカスするか〟で物事の捉え方って全然変わるでってところな。**100人呼ぶという自分が決めた〝正解〟だけにフォーカスして一喜一憂するんじゃなく、常に球体のように物事を捉えることが大切やねん。**っていうか、それが本来の形やねん」

「球体、か……」

「**〝球体思考〟って言ったらわかりやすいかな？　結局、成功と失敗の線引きは自分か他人の価値観に従ってるだけってことや**」

「なるほどな〜！　そう考えると、いろんな出来事に〝いい〟も〝悪い〟も存在してる気がするなぁ！」

「全ての出来事に成功も失敗も同時に存在してるから、その両方を見るってことが大事！　その上で〝自分はどうしたいか〟っていう未来を考えるんや」

俺は物質としての「球体」を思い浮かべていた。

球体には、表も裏も上も下もない。それは見る人がどの角度から見るかで変わるからだ。

そうか、全ては球体なんだ。でも――

「なんとなくわかってきたけど、今回のワタリさんやタケルの話とはどう繋がるの？」

「今回の件だって、ワタリもタケルも人間が決めた二元論ルール的には絶対悪いやんか？　それも社会的に罰せられるレベルの悪さやんか？　でもサムは相手の悪いところも、〝自分の至らなかったところ〟として向き合った。その上で自分と相手の感情とも向き合ったわけや。そうやって、あらゆる感情と向き合って〝自分はどうしたいか？〟を考えた。そして出した答えが、〝復讐〟じゃなく〝赦《ゆる》す〟ってことやったわけや」

「赦す……か。正直タケルにはまだめちゃくちゃ怒りはあるけどね」

「それでも、タケルは復讐を選んで、サムはタケルの感情と向き合うって未来を選んだわけやろ？　だからこそ、サムの器がタケルの心を飲み込んだんや。あの涙は、タケル自身の〝封じ込めていた大国主への想い〟や。何もかも自分以外の事象に矢印を向け続けたから〝魔王〟になったんやろな」

「そうか！　無我夢中で気づかなかったけど、知らず知らずのうちにそんな選択をしてたのか……。ちょっと前までは『自分の頑張りをわかってほしい』とか『自分は悪くない』っていう考えだったのに……もしかして、俺ってめちゃくちゃ成長してる？」

「まぁそういうことやけど、調子に乗ったらすぐ元に戻るよ。ちなみに、イザナギは〝受け止める〟ってことがテーマで、ナムチ・大国主は〝赦す〟。そしてサムが

〝向き合う〟ってテーマやったんやけど、三代にわたる魂のカルマが一気に解消されそうやな。これは大金星やで！」

「カルマ？　大金星？　よくわかんないけど、世界の見え方が変わった気はする。これもスサノオやスクナヒコ、そしてタケルやワタリさんのおかげだな……」

「おっ、そうそう。感謝はめちゃくちゃ大切！　**球体のように物事を捉えると〝自分を成長させてくれたしんどかった出来事〟にも感謝できるようになるねん。**それができたら過去さえも変わるで」

タマちゃんが言った「過去さえも変わる」は、今の俺にとって救いだった。

肩の荷が下りたような、視界がスッキリと晴れるような感覚がそこにはあったからだ。

「タマちゃんはずっと俺を成長させようとしてくれてたんだね……それにしてもなんで？　今更だけどタマちゃんは何者なのか、そろそろ教えてくれよ」

「ホンマに今更やな！　ワシはサムとかナムチと同じ魂やで。日本神話やと幸魂《さきみたま》奇魂《くしみたま》って呼ばれてるねん」

「お、同じ魂？　なんのこっちゃ！」

「えっとな……**神様の魂って四つに分割できるねん**」

「魂を……分割!?」

「サム、ちょっと手ェ借りるよ」

タマちゃんがそう言うと、俺の手が勝手に動き始めた。ベンチの下に落ちていた木の棒を拾って、地面にスラスラと絵を描き始めたのだ。

「まず有名なのが、和魂《にぎみたま》と荒魂《あらみたま》やな。和魂は神様の温和で調和的な一面を指し、荒魂は激しく活動的で神の荒々しい側面を指すんや。あまりにも性質が違うから、神社では別々に祀られることもあるくらいなんやで。さらに！　和魂は二つに分けることができる。それが、花が咲くような繁栄を意味する幸魂と、櫛《くし》で髪を解かして

魂
和魂
荒魂
幸魂
奇魂

整えるように統一して調和する奇魂なんや！　すなわちワシやな！」

「いや、ごめん！　余計混乱したわ！　一体誰の魂なの？」

「だから、大国主の魂でもあり、サムの魂でもあるって言うてるやん！　ワシはサムや大国主より高次元の存在やけど、二人はワシの魂の子どもみたいなもんや。だから、二人はまだ未熟やけど、ワシにとって次世代の存在でもあるんや」

「む、難しいけど、なんとなくわかったような気がする……自分の子どもみたいなもんだから成長を見守ってくれてたってこと？」

「そんな感じやな。そして、それがワシ自身の成長にも繋がるってイメージやねん。前に言うたやろ？『全ての魂は成長を望んでる』ってな」

　タマちゃんが『古事記』の世界で何度も口にしていた「成長」という言葉の真意がここに隠されているのだと思った。

「そうなんだね。それにしてもどの神様にも四つの魂があるの？　なんかややこしいな」

「**もっと言うたら、人間にもあるよ。**どんな人でも穏やかな気分のときもあれば、荒々しい気分のときもあるやろ？　神様に至っては和魂と荒魂で別の神様に見えるレベルやから別々に祀られてたりもする。**でも、どっちも大切に拝むねん。だから、自分の心の中にある陰も陽もどっちも受け入れて大切に拝んであげてな。**他人の心もそうやで。陰も陽も等しく見てあげて」

「やっとタマちゃんの言ってることがわかるようになってきたよ。本当にありがとうね」

「なんや急に！　照れるやん！　それにしてもサム、ホンマによう頑張ったな」

「わからないことだらけだったけど、タマちゃんがいてくれて本当によかったよ。ワタリさんだけじゃない。兄貴や母ちゃんに対してもいろんなことが変わった気がする」

「魂の課題を乗り越えたら、人生は一気に加速するから楽しみにしとき！　サムもまだ傷治ってないんやから、そろそろ家でゆっくりしいや」

「うん！　でもさ……気になってることがあるんだ……」

「どうしたん？」

「ナムチ……大国主はあのあとどうなったんだ？　あの国づくりが今の日本に繋がってるんだよな？」

「残念ながら、イザナギとイザナミのあとを継いだ国づくりという形は大国主の代で途絶えてるねん……」

俺はタマちゃんの言葉に耳を疑った。

国づくりが、大国主の代で途絶えてる……？

「えっ、嘘《うそ》だろ⁉　あのあと、大国主一人で国づくりを頑張ったんじゃないのか？」

「そうやな……でも、あのあと日本は大きく形を変えた」

「ど、どういうことだよ！」

「ここから先は自分で調べ。いろいろあったんや」

「そんな……嘘だろ……全ての人間が家族のような、そんな理想の世界をつくるってスクナヒコと約束したじゃないか！　タマちゃん！　俺の魂をもう一度大国主のもとへ送ってくれないか？　ここまで見てきたんだ！　日本が……大国主の国づくりがどうなったのか、この目で見届けたいんだ！」

「そうか……サムはホンマに成長したな……わかった。これが最後の旅や！　いくでー！」

「うわーーーー！　やっぱり眩《まぶ》しいー！」


再び白い光に包まれ、次に目を開けたときには立派な屋敷の中にいた。

古事記編⑤

国づくりの秘密と黒幕

「うぅ……こ、ここは……？」

「スクナヒコがいた時代から何年も経《た》った世界や。ここは大国主の住んでた社《やしろ》やな」

「そうなのか……この時代に何か大きな出来事が起こるんだね」

「そうやで。腹くくってや！」

社は広く、手の込んだ作りの煌《きら》びやかな調度品がいくつも置かれている。どうやら大国主は国づくりに成功して、平穏な暮らしを手にしたらしい。落ち着かなくて社をウロウロしていると、扉の向こうから大きな足音が聞こえた。

「大変です、大国主様！」

よほど急いでいたのか息を切らしながら男が合図もなしに扉を開けて入ってきた。

この人……ヤカミヒメのところでもいた従者だ。

「は、はいっ！　なんでしょう？」

「タケミカヅチという方が大国主様をお呼びでして、すぐそこの稲佐《いなさ》の浜《はま》にいらっしゃいます」

「えっと……とりあえずそこに行けばいいのかな？」

「我々の制止も聞かず、凄《すさ》まじい大声で大国主様の名を叫んでおり……」

「そ、それは俺が出ていくしかなさそうだな……」

「参りましょう！　こちらです」

「嫌な予感しかしないけど……わかった！」

社を出た俺は従者に先導されて、稲佐の浜という場所に向かうことになった。

「なぁタマちゃん、今はどういう状況なんだ？」

「あれからな……大国主の治めてたこの地上ではいろんなことがあったんや」

「何があったの？」

「天の世界・高天原《たかまがはら》を治めているアマテラスが、大国主が整えてきた地上を見て『元々は地上も天界のものやから返してほしい』って言ってきたんや」

「なんだよそれ！　アマテラスってイザナギの子どもでスサノオのお姉さんだよな」

「そうや。太陽の神でもあり、高天原でもっとも尊いといわれている神様や」

「地上は大国主たちが頑張って国づくりしてきたんだろ？　その要望はさすがに横暴じゃないか」

「大国主の立場からしたら、そうやな。最初は大国主もスルーしてたんやけど、天界から次々と刺客が送られてくるようになったんや。その最後の刺客がタケミカヅチってわけやな」

「そういうことか……大国主はこれまでの刺客に対してどう対応したの？　戦ったの？」

「大国主は戦わんかった……むしろその器の大きさで、アマテラスの刺客を次々と味方にしていったんや」

「おぉー！　さすが大国主！」

「それに怒ったアマテラスは、天界に絶対的な忠誠を誓う実力者を送ってきた。それがタケミカヅチっちゅうことやな」

「そんなとんでもないやつなのか……今から俺、そいつに会うんだよね？　どうしたらいいんだ？」

「それは……サムに任せるわ！」

「いやいや、絶対このタイミング俺じゃないだろ。何考えてんだよタマちゃん！」

「大国主様、あそこにいるのが……タケミカヅチです」

「もう着いちゃったのね！　……って嘘《うそ》だろ!?　なんだありゃ！」

タケミカヅチと思《おぼ》しき大男は、大剣を逆さに立ててその切っ先の上であぐらをかいていた。剣は支えもなく自立している。剣の先に座れるなんて、タケミカヅチの尻は鋼鉄なのか……？

「待ち侘《わ》びたぞ、大国主。この国は貴様らではなく、アマテラス様の子孫が治めるべきであると思うのだが……貴様はどう思う？」

「どう思うって……そんなこと俺に聞かれても——」

「なんだその態度は！」

激昂《げっこう》したタケミカヅチが俺の言葉を遮《さえぎ》った。その瞬間、タケミカヅチの声がまるで雷のようにバチバチと音を立てて鳴り響き、大地が激しく揺れた。

「ひ、ひぃーーーーー！　コイツ、スサノオと同じタイプだ。怖ぇ！」

「『俺に聞かれても』などと舐《な》めたことを抜かしおって。国の長である貴様以外に誰に聞くというのだ！　まさか……貴様の〝跡継ぎ〟に聞け、とでもいうんじゃないだろうな？」

「あー……跡継ぎ、ね。そ、そうだな～、跡継ぎは……どこにいるんだ？」

「シラを切っても無駄だ！　調べはついているぞ。貴様の跡継ぎはコトシロヌシか、タケミナカタだろう？」

ダメだ、跡継ぎなんて俺は知らないし、今にもタケミカヅチの武力行使が始まりそうなこの状況でタマちゃんに説明を求めている暇もなさそうだ。

「その反応は図星だな……それでは、貴様の息子ども一人ひとりに会ってこの国を譲るか聞いていこうか……」

「その必要はない！」

「何やつだ！」

タケミカヅチと同じくらい大きな声が響いた。タケミカヅチと違うのは、今聞こえた男の声に自信だけでなく、清らかな響きを感じたことだった。

「おぉ、大国主様！　タケミナカタ様が来られましたぞ。これで百人力ですな！」

「あの人が大国主の息子か！」


タケミカヅチの背後から、とんでもなく大きな岩を持った大男が歩いてくる。タケミカヅチに負けていないものすごい迫力だ。パッチリとした目もとやスッと伸びた背筋から、強く、それでいて静かな闘志を感じる。彼が大国主の息子、タケミナカタ……。


「父上、待たせましたな。ここから先は俺に任せてください！」

「ほう、貴様がタケミナカタか。わざわざ向かう手間が省けたわ！」

「父上や兄上は争いが嫌いだからな。できれば穏便に済ませたいところだが、お主の目を見る限りそうはいかなそうだな」

「当然よ！　ワシにはどのような言葉も通用せん。貴様らがこの国を譲ると言うまではな。あそこを見よ！」

タケミカヅチは沖を指差した。そこには、屈強な男たちが乗った何十隻もの舟が待機していた。

「断ったらこの国に兵を送り込むつもりだな。それならタケミカヅチよ、俺と相撲《すもう》を取らないか？」

「……相撲だと!?」

「そうだ。俺と相撲をして負けたら、この国は諦めて帰ってくれないか？」

「クックック！　いいだろう……あとで吠《ほ》え面をかくなよ？」

「父上、行司をお願いできますか？」

「わ、わかった！　それじゃあいくぞ。はっけよーい……のこった！」

その瞬間、タケミナカタが担いでいた大きな岩をタケミカヅチに向かって放り投げた。

「無駄だ！」

タケミカヅチはその巨体からは想像もできないほど俊敏な身のこなしで岩を躱《かわ》すと、タケミナカタの背後に回り込み、襲いかかった。

「は、速い！　なんてやつだ！　ぬぬぅ……なんのぉ！」

タケミナカタが瞬時にタケミカヅチの方を振り向く。二人は取っ組み合いの状態になった。

「ほう……意気がるだけのことはあるな。これほどの力の持ち主……高天原でもそうはおらぬぞ」

「コイツ……！　なんて力だ。だが、勝てる！」

その瞬間、タケミカヅチがガクンと急に力が抜けたようになり、そのまま倒れ込んでしまった。

「なんだ……？　タケミナカタが強い力をかけたわけじゃないのにタケミカヅチが倒れ込んだ。合気道みたいだな……タケミナカタすげぇ！」

「俺の勝ちだ！　観念しろ！」

俺がタケミナカタの勝利を予感したその瞬間、タケミカヅチは不敵な笑みを浮かべた。

「クックック……これが貴様らの術か……それではこれはどうかな？」

「……何ぃ!?　これは……？」

タケミナカタが圧倒的に優勢だと思っていた俺は目を疑った。タケミカヅチの手が突然ツララのように鋭く尖《とが》り、タケミナカタの腹部に突き刺さったからだ。

「なんだ、ありゃあ！　手が氷《こお》った剣みたいになってる？」

「お主……！　真剣勝負の場でそのような術を……」

「貴様らのしきたりなど知らんな……さぁ、これで終わりだ！」

タケミカヅチは剣のようになった手をタケミナカタの腹部から引き抜くと、少しの迷いもなくタケミナカタの右手を切断した。タケミナカタが悲鳴を上げ、その場に膝をつく。

「うわぁーーーーー!!」

「さぁ、どうする？　タケミナカタは負けた。大国主よ、国を譲るか？」

「む、無念……。父上、すみませぬ！」

「タケミナカタもういい、逃げるんだ！　このままだと死んでしまうぞ！　あとは俺がなんとかする」

目の前でタケミナカタが刺されたとき、タケルに殺されたスクナヒコのことが脳裏によぎった。俺の息子だと名乗る神様が目の前で倒れている。俺はタケミナカタとはまともに話したこともないが、スクナヒコのように自分の力が足りないせいで大切な人を失うのはもう嫌だった。

でも、思いと勢いに任せて啖呵《たんか》を切ってしまったが、頼る人もいないこの状況でどうやってタケミカヅチと対峙《たいじ》すればいいんだ……。

「大国主様の言う通りです。タケミナカタ様まで亡くなったら、我々の伝統は失われてしまいます。どうかお逃げください！」

従者がタケミナカタに懇願する。二人は長い付き合いなのか、目は涙ぐみ、言葉には力がこもっている。

「何を言っているんだ！　父上や皆を置いておめおめと逃げられるものか！」

「一体どうすりゃいいんだ！　このままだと大国主の地上が奪われる……」

そのときだった。国を譲るかどうかどころか、生きるか死ぬかの瀬戸際で、従者の大きな声が響いた。

「大国主様、コトシロヌシ様が到着されましたぞ！」

「え？　コトシロヌシ!?」

いつの間にか、浜辺に小さな舟が停《と》まっており、その上には釣竿《つりざお》を持ったエビス顔の男が立っていた。

「タケミナカタよ、もう十分だ。ここは下がりなさい」

「あ、兄上……」

「ここから先はワシと父上で話をつける。タケミナカタよ、東に向かうのだ！」

「兄上……父上……かたじけない！　必ず、伝統を守り抜きます！」

タケミナカタは従者に寄り添われながら、ゆっくりとタケミカヅチから離れた。

「タケミナカタめ、逃げる気か!?　すぐさま追いかけるのだ！」

「おっと、タケミカヅチよ！　貴様だけは行かせんぞ！」

コトシロヌシがタケミカヅチの前に立ちはだかる。

「何を言っている!?　貴様如《ごと》きにワシを止められると思っているのか？」

「荒ぶる神タケミカヅチよ、よく聞くがいい。ワシを殺せば、この国は絶対に手に入らぬぞ。この国の全ての神々がその命尽きるまで牙を剥《む》き続けるだろう」

「そうだったな……貴様らは他人のために命を投げ出すことができる。だから厄介なのだ……だが、この地上はなんとしても我々のものにせねばならんのだ。どれだけの血が流れようとも！」

「父上よ……ついに、〝父上がおっしゃっていた時代〟が来たのですね」

コトシロヌシがゆっくりと俺のもとに近づいてくる。

「古代から受け継がれてきた伝統も、知恵も、信仰も……全て隠さなくてはならない時代が……」

「『隠さなくてはならない』ってどういうことだ!?」

「父上がずっと伝え続けてくれていた〝大いなる変化の時代〟です。これまで大切にしてきた自然への信仰は失われ、人間がこの世界を支配しようとする時代。だからこそ、**数千年先に再び訪れる新たな国づくりのときまで、真の歴史は隠さなければならない、**と……」

「真の歴史が隠される……？」

「そうです。我々はそのために準備をしてきました。我々の血が、歴史が本当の意味で絶えなければ、目覚めのときは必ず訪れるはずです」

「目覚めのとき……」

「さぁ、ここから先は父上が決めてください！　戦うか、逃げるか、国を譲るか……もちろん、命をかけて戦う準備はできております！」

「ちょっと待ってよ！　こんな大切な場面を俺に託すなんて……」

大国主の国づくりを見届けるために、再び『古事記』の世界にやってきてからの俺はタケミナカタとコトシロヌシに助けられているだけだった。でも、ここは俺が未来を選び取らないといけないみたいだ。それこそが、俺が『古事記』の世界に転生した理由なのか……。

「いつまで待たせる気だ！　元よりワシは剣から生まれし神……戦いたくてウズウズしておる。戦を選ぶのであれば、今この瞬間から始めてもいいのだぞ？」

「ううぅ……一体どうすればいいんだ……大国主もスクナヒコもあれだけ頑張って国づくりをしてきたのに……」

「何をブツクサ言っている。我らと戦うか、国を譲るか！　どちらか選べ！」

「うるせーーーーーーー!!」

決断を迫るタケミカヅチの声を聞いていたら、俺の中で何かが弾《はじ》け飛んだ気がした。思わず出た俺の人生一の大声に、タケミカヅチも明らかに戸惑っている。

「な、なにぃ!?」

「なんでそうまでしてこの国が欲しいんだ？　自分たちが元々住んでいた場所で十分じゃないのかよ？　どうしてわざわざ人の土地を奪いたいと思うんだよ！」

「何を言っている！　天も地も元よりアマテラス様のもの。アマテラス様が返せとおっしゃっているのだから、つべこべ言わず返せばいいのだ！」

「意味わかんねーよ。天の世界に住んでるならそれでいいじゃねぇか。地上まで欲しがる必要あんのか⁉」

「クックックッ……大国主よ、貴様は想像以上に面白いやつだな。これまで送ってきた使者たちがことごとく取り込まれていった理由もなんとなくわかるぞ。だが、これは決定事項だ！　何があろうと絶対にこの国は譲ってもらう。たとえどれだけの血が流れようとな！」

「そんな……偉い人がやれって言ったらそれに従うのかよ。それでたくさんの人が死んでもいいって、どうかしてるよ」

　タケミカヅチは、俺の言葉を聞いて「理解できない」という表情を浮かべた。そのまま、切っ先の上に座っていた大剣をかざしながら、俺に言った。

「もちろんアマテラス様の命令も絶対だ。だが、それ以前にワシは剣より生まれ出《い》でた軍神。戦いこそが全て！　力と力がぶつかり合うこの世界こそがワシにとっての生きる意味なのだ」

「争う世界が生きる意味？」

「よく考えてみろ。人間同士、神同士が争うからこそ剣は磨かれ、研ぎ澄まされていくのだ。競い続けるからこそ、この世界は発展していくのだ。争いがない世界に繁栄はない！　争いの中で生まれる文化や技術こそが美しいのだ！」

　争い、競い合うことが世界を発展させる。現代でも、国と国が争い、企業と企業が競っている。だからこそ、たくさんの発明が生まれ、便利な世の中になってきた。

でも――

「お前の言う『競い続けるからこそ世界が発展する』ってのは、一理あるかもしれない。でもな、俺が元々住んでいた国は飯を食うのも寝る場所にも困らない、そんな国だった。豊かな文化や信じられないような技術がたくさんあった！　そんな世界でも毎日に満足してなくて、他人と比べて落ち込んでいる人がいるんだよ。戦争だって終わらないし、自然だって破壊され続けてる。たくさんのことを犠牲にして争い続けても、ほとんどの人が幸せを感じてないんだよ。それはつまり、どっかで何かが間違ってたってことじゃないのか⁉　それこそ大国主やスクナヒコがしてきたみたいにさ……人間同士の繋《つな》がりを大切にして、自然に感謝して、たまにお祭りをしたり、みんなで一緒にご飯を食べたりさ……そんな風に生きてた方が幸せだったんじゃないのか」

「そのようなぬるい考えはワシが最も嫌うものだ！　それにしても、先ほどからのその物言い、何やら奇妙だな……まるで自分自身が大国主ではないかのような……さては貴様、大国主ではないな？」

「な、なんだって？　まさか……」

「その狼狽《うろた》えよう、図星のようだな」

「ど、ど、どういうことだ⁉」

「クックックッ……わかったぞ！　大国主の肉体に宿る魂の正体は……ワシが探していた数千年後の男だろう？　たしか名は……サム」

「な、なんで俺の名前を……タケミカヅチが俺を探していた……？」

なぜタケミカヅチが現代での俺の名前を知っているんだ……。俺を探していたって、どういうことだ？

「そうか、これは瓢箪《ひょうたん》から駒のような話だな……まさか、ここで会えるとはな」

「……どういうことだ!?」

「ワシにはな、アマテラス様さえも持っていない特殊な力があるのだ。それが怨念の力だ」

「怨念の……力？」

「そうだ！　ワシはイザナミ様を焼き殺したヒノカグツチ様の飛び散った血から生まれておる。そう、この体には怨念の力が宿っているのだ。この凄まじい怨念の力は時を超えて夢を通じ、さまざまな世界を見ることができる。そしてワシは見つけたのだ。サム、貴様の存在をな！」

「な、なんで俺なんかを見つけて喜んでんだ？」

「貴様はな、大国主やスクナヒコと同じ役割を持っている」

「同じ役割？」

「厳密に言うと、大国主やスクナヒコの役目を引き継ぎ、国づくりを再開させるきっかけの存在といったところか……だがな、ワシの愛するこの戦いの世界は誰にも終わらせぬ！　だから、ワシは貴様の魂と最も因縁が深い人間に働きかけ、貴様を刺すように仕向けたのだ。貴様の世界に干渉するのは相当に骨が折れたがな」

そうか、だからワタリさんはあのとき老人からナイフを渡されて店に来たのか。

「でも、なんで俺は『古事記』の世界に転生したんだ？　俺を殺したかったなら、向こうの世界で殺すだけで済んだんじゃないか？」

「いくら神といえども時を超えての殺生は禁忌だからな。そこでワシは自分の剣の欠片《かけら》で作らせた小刀で貴様を刺すように仕向けた。それにより貴様をこの時代に転生させたのだ」

「お、お前が俺をこの時代に転生させたっていうのか！　一体なんで……？」

「時を超えての殺生が禁忌なら、こちらの世で直接殺せばいい。そう判断したまでよ。しかし、まさか大国主の肉体に転生しているとは……これは好都合だ。もはや交渉の余地はない！　この国は貴様の命ごと奪わせてもらうぞ！」

「待ってくれ、俺は争いたくない！」

「無駄だ無駄だ、この流れはもう止まらぬ！　大国主の肉体と共に貴様の魂を消滅させれば、この美しき争いの時代は永遠に終わることはない！　皆のもの、上陸してこの国の人間を皆殺しにしろ！」


タケミカヅチとの対話を聞いていたコトシロヌシが、咄嗟《とっさ》に大声でタケミカヅチに語りかける。

「タケミカヅチよ！　先ほども言ったが、この国の全ての神々を敵に回してもいいのか!?」

「馬鹿め。全ての神々がこの場所に辿《たど》り着くまでにどれほどの時間がかかると思っているのだ？　その間に頂点である貴様らを皆殺しにすれば、我々に服従するしかなくなるだろう。まぁ、我々も多少の血は流すことになるだろうがな……それも望むところよ！」

「くっ……これまでか……」

助けは間に合わない。目の前には好戦的なタケミカヅチがいて、いつ襲いかかってくるかわからない。

「もう限界だ」諦めかけた瞬間、あの男の声が稲佐の浜に轟《とどろ》いた。

「おいコラ、弱虫ナムチ！　何をクヨクヨしている!!」

「この声は、まさか……」

聞き覚えのある声がする方向に目をやると、沖からものすごい速さで舟が近づいてきていた。その舟の先頭には、筋肉質で縄文人のような服に派手なアクセサリーを豪快に着こなした大男が立っている。


「そんな……信じられない。来てくれたのか？」

「弟の危機に動かぬ兄などいないだろう！　ガッハッハ!!」

「タ、タケルーーー！　それに八十神《やそがみ》たちも助けにきてくれたのか！」

「あの日の借りを返しにきたぞ、弱虫ナムチよ！」

「なんだ貴様ら！　まさかその程度の人数でワシらと戦うつもりか？」

「その程度の人数だと？　ガッハッハ！　皆のもの、準備はいいか？　いくぞ！」


タケルたちは天に向かって何本もの鏑矢《かぶらや》を放った。ひょうひょうと鋭い音が鳴ると、「うおー！」という地面を揺さぶるほどの大きな掛け声と共にこちらに近づいてくる無数の足音が聞こえる。

「な、なんだこの気配は！　まさか……国中の神々がすでに集まっているとでもいうのか……？」

「その通りよ！　ワシらは弱虫ナムチが治めるこの国を守るために、この海岸をずーっと見張っておったのだ。そして、たびたびここに訪れる不審な舟の存在に気づき、岩の陰に隠れて貴様らの会話を盗み聞きして情報を集めておったのよ！」

「なんだとぉー!?」

「貴様らが今日この浜辺に現れることはわかっておった！　だからこの日のために神々を集めたのだ！　神々には大国主との大事な会議があると嘘をついて集めたのだがな。ガッハッハ！　どうする？　もはや貴様らに勝ち目はないぞ？」

「ぐぐ……こうなればもはや玉砕覚悟で戦うか……？」

「どうだナムチ！　このままコイツらを叩《たた》き潰すか？」

「タケル、助かったよ……でも今から戦争するっていうのか!?」

タケルたちは本来、大国主の手によって殺されている。だけど、俺が転生した『古事記』の世界では大国主はタケルたちを殺さなかった。つまり、このタイミングでタケルたちが助けにくるという流れは本来、存在しないはず。それなら、俺の選択で全ては決まってしまうということじゃないか。でも、ここで戦争するのは大国主もスクナヒコも望んでいないはず……。

「あ、あのさ、俺は……スクナヒコと少しの間だけど一緒に国中を回って気づいたんだ。**自然に感謝するところから1日は始まって、みんなが作ったものを分かち合って支え合って……本来〝生きる〟ってそういうことなんじゃないのか？**　そんで、土地も自然も神様のものなんかじゃない。ましてや人間のものになんかできるはずがないんだ！　さっきから地上を譲るとか譲らないとか言ってるけどさ……本来地上は誰のものでもないはずだろ！」

「馬鹿なことを言うな！　アマテラス様こそが天も地も統べる尊い神なのだ。アマテラス様が自分のものと言ったら、それはアマテラス様のものよ！」

「アマテラスが本当に全知全能の神なら、こんな戦争しなくても国の一つや二つ自分のものにできるはずだろ？　なんで奪い取る必要があるんだよ！」


そうだ、俺は『古事記』の世界に来てわかったんだ。

世界にとって必要なのは、争いじゃない。本当に必要なのは――


「コトシロヌシ、タケル。俺は決めたぞ。俺たちは……戦わない！」

「正気か、ナムチ！」

「**俺はスクナヒコと一緒に国づくりを学んだ。その根底には常に所有じゃなくて共有の精神があった！**　この土地は誰のものでもない。奪うんじゃなくて、一緒に暮らすって言うんなら俺は大賛成だ！」

「ガッハッハ！　弱虫ナムチらしい甘っちょろい考えだ！　しかし、お前がこの国の頂点にいる今、その言葉は何よりも重い。ワシはお前の考えに賛同いたす！」

「それが父上の出した答えなのですね。わかりました。このコトシロヌシ、どれほど茨の道になろうとも、我々の思いと叡智《えいち》を未来に繋いでいくことを誓います！」

戦いを望んでいたタケミカヅチは、俺が出した「一緒に暮らす」という共有の選択肢に戸惑っていたが、やがて自分自身に言い聞かせるかのように口を開いた。

「そうか……ワシがどんな手を使っても止めたかった流れを貴様が作ってしまうとはな。この時代に貴様を呼んでしまったワシの失態か………。ワシは今の大国主の言葉をアマテラス様にそのまま伝える！　どのような結果になるかは知らんが、戦い以外で身が震えたのは初めてよ。ワシはワシの生き様を貫くが、お主の作る未来も……見てみたくなったぞ！」

そう言うとタケミカヅチは、待機していた舟に乗り海の彼方《かなた》に消えていった。

タケミカヅチの姿が見えなくなると、緊張状態が終わったからか、一気に全身の力が抜けてその場に座り込んでしまった。

「これで本当に、良かったのかな……」

「共存の意志を貫いた父上はご立派でございました。ここからどんな目に遭おうとも……」

「ナムチよ、何があってもワシはこの命をかけてこの国を守るぞ！　また怪しい舟が現れたら、同じ嘘をついて国中の神々を集めてやる。ガッハッハ！」

コトシロヌシもタケルと八十神たちも、この出来事が未来の日本に繋がっているとは知らない。それでも、大仕事をやり遂げた満足感を全身で感じていた。

「昔の日本には、こんなにも大きな出来事があったのか……」

「そうや。こうやって少しずつ日本は形を変えていった。まぁ、今見たのは数ある世界線の一つに過ぎへんけどな」

「タマちゃん！　そうだったのか……それじゃあ、大国主やコトシロヌシたちが託したかった歴史はどうなったんだ？　国づくりも途中で終わっちゃったんだよね？」

「残念ながら、そういうことやな。そして、何万年も前から続く叡智はこの時代から少しずつ隠されていった……サムの時代では歴史は軽く扱われ、神々の記憶もなくなっていったっちゅうわけや……」

「つまり、大国主が託した未来は……完全に奪われたってこと？」

「そうやな……〝99％は奪われた〟と言ってもいいのかもしれへんな」

「じゃあもうダメなのか？」

「それは違う。１％でも残ってたのなら逆転はできる」

「どういうことだ？」

「そうやな。これに関しては〝本人〟から直接聞いた方がええかもしれへんな」

「……本人？」

「大国主ー！　ちょっとこっち来れるー？」

「は？　大国主……!?」

「おっ、来てくれた！　ありがとうね。それじゃ、サムに伝えたってくれるか？」


耳の奥から安心感のある優しい声が聞こえてきた。


「サムよ。ワシを生きてくれて、本当にありがとう」

「大国主……」

「ワシの人生はどうだった？　なかなか刺激的だったじゃろう？」

「あれ？　なんか思ってたキャラとちょっと違うな！」

「グッフッフ！　相変わらずサムはツッコミが面白いのう！」

「変な笑い方……。ふぅ！　なんか緊張がほぐれたよ。それで、大国主たちが隠した歴史はどうなったの？」

「そうだのう……正直言うと……ワシにもわからんのだ！」

「わからん……？」

「簡単に言うとだな、隠した歴史も国づくりの続きも、サムたちの時代に託したのだな！」

「えぇー!?　そうなの？　なんで俺たちの時代なんだ？」

「なんで？　そこも含めてサムの時代の人間に解き明かしてほしいのだ！　そうすればきっと思い出す！」

「思い出す……？」

「大切なことは全てそなたらの体に刻まれておる！　そして、日本中の土地や自然、お祭りの行事や古くから残る昔話や歌、普段何気なくしている作法の中にちりばめられておるのだ！」

「へぇー、そうだったのか……！」

「そこでだな、サムにお願いしたいことがある」

「な、なんなの？」

「日本の隠された歴史を拾い集め、国づくりの続きをしてほしいのだ！」

「いや、無理だよそんなの！　俺普通のバーテンダーだよ!?」

「そなたならできる。この時代で大きな壁を何度も乗り越えることができたのだからな。頼む！　**ほんの少しのきっかけを作ってくれるだけでいいのだ！**」

「きっかけ？　それって何をすればいいの？」

「簡単なことよ！　**たくさんの人に〝疑問〟を与えればいいのだ！**」

「疑問……？」

「そうだ。現代のほとんどの人間は自分で考える力を失っておる！　だから、疑問を与えるのだ！」

「なるほど！　でも、俺芸能人でも政治家でもないけど、どうやればいいんだ？」

「それは……知らん！」

「いや、知らんて！」

「本当にお役目があれば時と共に自然と動き出す！　サムはその流れに従って動けばいいのだ」

「流れ、か……。よくわかんないけど、現世に帰ったらその流れとやらに乗ってみるよ！」

「さすがサム！　頼んだぞ」

「それが国づくりになるのか？」

「もちろんそれだけではない！　あらためて歴史や神話を学ぶのだ。そして、サムが疑問を感じたところは徹底的に調べる必要がある」

「うわー……歴史とかそんなに好きじゃないなぁ……」

「大丈夫！　歴史とは本来面白いものだ。そして、歴史の真偽より〝疑問を持って探究し続ける姿勢〟さえあれば、必ず国づくりの本質に辿り着くはずだ！」

「そうか……俺、気になったことはすぐ調べるし、それならできそうかも……」

「そうだろう？　そうすれば少しずつ思い出していくはずだ。土地や自然だけでなく、自分の肉体さえも〝天からの借り物〟だったということに」

「天からの借り物……自分の体をそんな風に考えたことなかったな」

「本当はもう少しいろいろあるんだが、今はそれだけでよい。**迷ったら〝タネを見よ〟！**　任せたぞサム！」

「大国主、もういっちゃうのか？　俺、もっとアンタと話したい……」

「大丈夫だ！　そなたとワシは常に共にある。何かあったら呼んでくれ！」


そう言うと、すぐそばに感じていた大国主の気配が遠ざかっていく気がした。


「ありがとうな、大国主！　どやった？　伝わった？」

「なんか言いたいことはわかった……気がする！　でも、なんか……スケールが大きすぎて……」

「今は全部わからなくてええよ！　でも、サムは何があっても〝楽しむ〟って気持ちだけは忘れたらあかんで！」

「楽しむ……か！　元々バーも楽しむつもりで始めたし、もうここまで来たら……振り切ってやるしかないか！」

「そうそう、その調子や！　現代に戻ったらワシともしばらく会わへんと思うけど、元気でやっていきや」

「なんか……寂しくなるな」

「それじゃ、元気でなー！　サムー！」

「タマちゃーん！　なんかしんどいこともいっぱいあった気がするけど、楽しかったよー！　ありがとう！」

再び白い光に包まれると、俺はいつものバーに立っていた。

迷ったら〝タネを見よ〟！

現代編④

始まりの夜

「サム？　何をボーッとしてるんだ？　まだ傷が痛むのか？」

バーのカウンターに立つ俺の隣には兄貴がいた。あの事件以来、久しぶりに顔を見た。なんだか前よりも明るく、優しい顔つきになっている気がする。


「あ、あれ？　今って何月の何日だっけ？」

「何言ってんだ？　今日は10月17日だろ？」

「そ、そうだっけ！　そうか……俺が刺されてから3か月以上経《た》ってるのか！」

「おいおい、大丈夫か？　お前がどうしても現場に戻りたいって言ったからお酒厳禁で立ってもらってるけどさ。あんまり心配させんなよ」

「あ、そういえばさ！　ワタリさんってどうなったの？」

「ワタリさんは警察に出頭しただろ。あのあと俺のところにも手紙が来て謝られたよ。サムにも罪を償ってからまた会いたいって書いてあったって伝えただろ？　お前……本当に大丈夫か？」

「なんかボーッとしちゃってさ！　ありがとう、兄貴！」

兄貴は一瞬眉をひそめたあと、微笑《ほほえ》みながらいつもより楽しげな声色で話を続けた。

「なんだ？　いつもならすぐ噛《か》みついてくるのに『ありがとう』なんて珍しいな」

「あれ？　俺って、普段そんな感じだったっけ？」

「そうだよ。最近のサムは俺が何か言ったらいつも不機嫌そうに『はーい』しか言わなかったぜ？」

「へ、へぇー！　そうなんだ。いつも兄貴がわかってくれないと思ってたけど……俺も兄貴を受け入れる気がなかったんだね……」

「なんだよ。急に大人びた雰囲気出して気持ち悪いぞ。変なもんでも食ったか？」

「いや、そういうわけじゃないんだけどさ。こうして今も店に立ててるのは兄貴のおかげだなぁって。いつもありがとうな」

「本当にどうしたんだ？　でも、ワタリさんに対しても全然怒ってなかったし、サムの中でもいろいろあったんだろうな。最近ゆっくり話せてなかったし、今度久しぶりにサシで飲むか」

「うん、いいね！」


そうか、俺は自分のことも家族のことも全部わかった気になってて、何も理解しようとしてなかったんだな。人と向き合うことからずっと逃げていたことをあらためて思い出した。母ちゃんとも今度ゆっくり話してみるか。本当の意味での理解なんてできないかもしれないけど、「理解しようとする」気持ちが大切なのかもしれないな。


「そうやで、サム！　よくわかってるやん！」

「タマちゃん!?　……あれ？　気のせいか」

ふと、自分の店の看板に目をやると、「BAR WHO'S」という名前が「BAR EBISU」に変わっていることに気づいた。

「あれ？　店の名前変えたの？」

「おいおいおい。何を言ってんだ？　最初からうちは『BAR EBISU』だろ。っていうか、サムがつけた名前じゃないか」

「そんな馬鹿な……」

もしかして……俺が『古事記』の世界に転生したことで、未来が少し変わってしまったのか？

「おいおい、しっかりしてくれよな」

「BAR EBISU」……「エビス」か。どういう意味が込められているのだろうか。

ネットで調べると、エビスは七福神の一人と書いてある。

「えっ、エビスは大国主の子であるコトシロヌシの別名ともいわれており、スクナヒコといわれることもあるだって！　なんてこった！」

どういう理由かはわからないが、間違いない。あの世界での体験が今の世界に影響を与えているんだ！

「サム、お客さんが来たぞ」

「お〜サム、久しぶりじゃん！　元気してた？　バーやってるって聞いて遊びにきちゃったよ！」

目の前にはどこか見覚えのある顔が……。

「ス、スクナヒコか⁉」

「何すっとぼけてるんだよ！　高校の同級生の杉山だよ！　えっ……もしかして忘れちゃった？」

「あ、あぁ杉山か！　久しぶりじゃん。元気してた？」

「元気元気よ！　あれ？　なんで泣いてんの？」

目の前にいるスクナヒコそっくりの杉山を見たら、あの世界でスクナヒコと過ごした日々を思い出して、思わず涙ぐんでしまった。

「い、いや、目にゴミが入ってさ！　それにしてもどうしたの急に……」

「なんとなくだよ！　来月仕事辞めることにしてさ、何も考えずに今日は飲みたいなって思って！」

「そうなんだ！　次はどんなことするの？」

「それが何も考えてないんだよね。のんびり自然の中で動物にでも囲まれて暮らしたいなーってさ」

「おぉ！　なんだか楽しそうじゃん！　ウサギとかネズミとか、いいやつらだもんな」

「ウサギ？　ネズミ？」

「あっ、ごめん、こっちの話だから気にしないで！　自然に囲まれる暮らし、いいじゃん！」

「でも、そんなに上手くはいかないだろうな……いつかそんな風に生きられたら理想だなってね」


杉山は本当に歩みたい人生がわかっているのに、一歩が踏み出せないんだな。一度死ぬ前の俺もこうだったんだろうか。今の俺なら、何か言える気がする。

「すぎや――」

「杉山くん……って言ったっけ？」

「あっ、はい」

驚いた。兄貴は他人に興味がないと思っていたから、俺の友だちに話しかけるなんて。でも、兄貴が他人に興味がない、なんて俺が勝手に抱いていた思い込みだ。

「今の日本ってさ、過疎化が進んじゃって廃村とか余った土地が増えてるらしいよ。頑張って探したらいい場所が見つかるかもね」

「そうなんですか？　俺、ずっとゴリゴリの営業の仕事してたんですけどね……なんか疲れちゃったんすよ。なんで自分が欲しいとも思わないものを人に売ろうとしてるんだろうって思ったら、何もかもが馬鹿らしくなっちゃって……」

「わかるなぁ。俺も昔やってた仕事がそんな感じだったよ。生きてくって大変だよな……」

「どうしたんだよ二人とも、しんみりしちゃってさ！　それならさ、兄貴が言ってた廃村とかどっかの土地を手に入れて、みんなで国……いや、〝村づくり〟でもしない？」

大国主が俺に託してくれたこと、その答えがそこにはある気がした。


「なんだよ村づくりって！　でもなんか……楽しそうだな！」

「そうだよ！　俺さ、実は農業とかもちょっとかじっててさ！　どうやったらみんなで生きていけるかのイメージが頭の中にあるんだよな〜」

「おいおい、サム。お前いつの間に農業なんかかじってたんだ？」

「えーっと……なんていうんだろ？　す、睡眠学習ってやつかな？」

「おいおい！　適当なこと言うなよ。でもなんか面白そうだな……よし、やるなら俺もまぜろよ」

「なんかさ、自給自足の生活とか面白そうじゃない？　そんで、その様子をYouTubeとかで発信してさ。観てくれる人と物々交換とかできたらいいなぁ〜！」

「なんだよそれ！　ワクワクするな！」

「なるほどな〜。実は俺もそういうのに興味あったんだよな。編集とか俺にもやらせてくれよ！」

「じゃあ決まりだ！　よーし、ひとまず乾杯でもしときますか！」

「馬鹿！　店はどうすんだよ！　……まぁ、なんとかなるか」

『古事記』の世界に迷い込んだ俺の国づくりの物語は、ここから始まる。

サム（アライコウヨウ）

名古屋市大須で活動する神話系YouTuber「TOLAND VLOG」の語り手。

大阪府出身。「世界の謎はあなたのすぐそばにも存在している」をテーマに神話や世界の歴史を中心に動画を発信。

名古屋市大須で「CAFE TOLAND」やBARを経営しており、日本各地の地域おこしや野外フェスなども手掛ける。

独自のクラウドファンディングサービスも運営。

本書が初の著書となる。

古事記転生

2023年6月20日　初版印刷
2023年6月30日　初版発行

著　者　サム（アライコウヨウ）
発行人　黒川精一
発行所　株式会社サンマーク出版
〒169-0074　東京都新宿区北新宿2-21-1
電話　03-5348-7800
印　刷　共同印刷株式会社
製　本　株式会社若林製本工場

ISBN978-4-7631-4027-2　C0095
ホームページ　https://www.sunmark.co.jp